KB084160

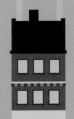

누군가 나를 지켜보고 있어

나를

편리한 기술들이
좋기만 할까?

누군가 나를 지켜보고 있어

편리한 기술들이 좋기만 할까?

이승민·최미선 글

김윤정 그림

박현희 추천

책속물고기

편리하고 안전한 오늘과 내일을 위해

어렸을 때 미래를 그린 영화를 본 적이 있어요. 타임머신을 타고 미래로 간 주인공이 공중에 떠서 스케이트보드를 타고, 옷과 신발은 몸에 맞게 조절돼요. 영화 속에나 있는 이런 물건을 쓸 날이 올까요? 어른이 되고 보니 영화 속 신기한 물건들을 이미 우리가 쓰고 있어요. 스마트 안경, 스마트폰, 드론 카메라 같은 물건들 말이에요. 영상통화, 인터넷뱅킹도 영화에서나 봤던 기술이에요. 우리가 상상한 물건들이 실제로 만들어지는 것을 보면, 미래에는 지금보다 더 건강하고 편리하고 안전하게 살 수 있다는 희망이 생겨요.

우리 생활을 편리하게 만드는 기술들은 어느 날 갑자기 '짜잔' 하고 나타나는 게 아니랍니다. 오래전부터 개발하고 사용한 기술들이 쌓여 새로운 기술, 놀라운 물건을 만들어요. 그리고 가끔은 이 편리한 기술과 물건들이 오히려 사람을 감시하고 피해를 줘서 놀라기도 해요.

착한 기술과 나쁜 기술을 미리 정해서 만들지는 않아요. 우리가 기술을 어떻게 이용하는지에 따라 달라지죠. '아는 만큼 보인다.'라는 말이 있죠? 우리가 이용하는 편리한 기술의 위험한 면을 미리 안다면 피해를 보는 일도 줄일 수 있어요.

지금 우리 사회는 세상을 떠들썩하게 만드는 범죄가 일어날 때마다 더 발전한 기술로 범죄를 더 강력하게 감시하겠다고 해요. 그럴 때마다 우리는 아무 거리낌 없이 받아들이거나 환영하기도 하죠. 하지만 감시 기술은 범죄자만 감시하는 것이 아니라 모두의 삶을 들여다봐요. 기술 덕분에 안전하면서도, 기술 때문에 사생활을 침해받는 거예요.

그렇다면 이러한 문제는 누가 걱정하고 고민할까요? 정치인? 과학자? 기술자? 그런데 우리의 일상생활 구석구석에 들어와 삶을 좌우하는 문제라면, 우리 의견이 가장 중요하지 않을까요? 어린이 여러분이 과학 기술의 사회적 책임을 알게 된다면 우리의 오늘과 미래가 좀 더 건강하고 아름다울 게 분명합니다.

– 글쓴이 **이승민·최미선**

스마트 마법사의 편리 마법으로부터 우리를 지키는 힘

알고 있나요? 지금 우리 곁에는 초강력 마법을 가진 마법사가 살고 있어요. 그 마법사의 이름은 '스마트 마법사'. 그리고 그가 가진 최강의 마법은 '편리 마법'이 랍니다.

스마트 마법사의 편리 마법을 쓰게 된 지금, 많은 사람들이 '좋은 세상'이 되었 다고 합니다. 하지만 좋기만 한 것은 없지요. 스마트 마법사의 편리 마법은 우리 가 사는 세상을 '감시사회'로 만들었어요. 우리를 감시하는 주변의 편리 마법들을 살펴볼까요?

골목 곳곳, 가게, 엘리베이터 등 어디에나 설치되어 있는 CCTV는 범죄로부터 우리를 안전하게 지켜 주지만 범죄자가 아닌 나까지 언제나 감시해요.

인터넷은 유용한 정보와 즐거움을 주지만 내가 어떤 사이트에서 어떤 일을 했 는지 그 정보가 빅데이터로 쌓이면서 상업적으로 이용됩니다. 심한 경우 범죄에 이용되기도 해요.

사람들은 스마트폰으로 별의별 일을 다 해요. 스마트폰은 도서관이었다가 영화 관이 되는가 하면 지도가 되기도 하지요. 하지만 스마트폰이 내 손 안에서 나의 하루를 도와주는 대신 24시간 나를 감시해요. 내가 어디에 있는지, 무엇을 하는 지 스마트폰을 통해 다 알 수 있다는 말이지요.

우리 주변에는 좋기도 하고 위험하기도 한 편리 마법이 많아요. 어린이들은 아마 편리 마법의 편리함도 위험도 느끼지 못할 거예요. 아주 어릴 때부터 자연스럽게 사용해 왔을 테니까요. 당연히 누리는 편리함 속에서 편리 마법을 의심하고 나쁜 점을 찾기란 더 어려워요. 하지만 부작용을 알아야 편리 마법을 더욱 편리하게 사용할 수 있고, 부작용이 없는 안전한 편리 마법도 개발할 수 있겠지요.

편리 마법은 정말 편리해서 부작용을 말하는 사람은 많지 않아요. 설명하기도 힘들고요. 이를 어쩌나 걱정하던 차에 좋은 책이 나왔습니다. 편리 마법의 부작용을 우리 어린이들에게 친절하게 일깨워 주는 책, 『누군가 나를 지켜보고 있어』를 감사한 마음으로 읽었습니다. 게다가 쉽게 읽히기까지 하니 더욱 감사한 일입니다. 많은 어린이들이 이 책을 재미있게 읽으면서 편리 마법의 부작용을 이겨낼 힘을 키우기를 간절히 바랍니다.

- 스마트폰을 쓰지 않는 사회 선생님 **박현희**

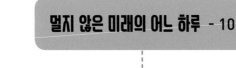

멀지 않은 미래의 어느 하루

08:29

"동주, ci 편의점 앞 길이 공사 중이에요. 오늘은 알피 문구 쪽 길로 돌아서 가면 어때요?"

동주는 미래초등학교 5학년이다. 손목에 찬 스마트워치를 켜고 집을 나서자 학교 가는 길이 공사 중이라 위험하다며 다른 길을 안내해 준다. 스마트워치가 안내한 길을 따라 걷자 곳곳에 설치된 광고 모니터에 학원 광고, 새로운 게임 광고들이 나온다. 신기하게도 다 동주가 좋아하는 종류의 게임들이다.

학교 교문 앞에 이르자 동주와 친구들은 각자의 학생증 카드를 댄다. 그러자 카드에 저장된 개인 정보가 읽히면서 출석을 확인했다는 음성이 들린다. 출석 정보가 학교 서버에 자동으로 저장되고,

동시에 동주의 엄마와 아빠는 "김동주 학생이 학교에 잘 도착했습니다."라는 메시지를 받는다.

학교 건물 안팎 곳곳에도 지능형 CCTV가 설치되어 동주와 친구들의 모습을 찍어 기록하고 있다. 운동장에서 신나게 뛰어노는 어린이들의 모습은 드론 카메라가 따라다니면서 영상을 찍는다.

12:02

점심시간이 되면 어린이들은 각자의 건강 상태에 맞는 개인 식단을 받는다. 동주가 카드를 대자 단것을 그만 먹으라는 메시지가 급식실에 크게 울린다. 동주는 얼굴이 붉어지면서 아무 말도 못 한다.

엄마 ~

동주 귀가 완료.

15:31

학교 수업이 끝나고 동주는 학원 버스를 기다리면서 새로운 게임을 구경한다. 스마트폰은 게임을 자주 찾아보는 동주의 관심사를 분석해 동주가 좋아할 만한 새로운 게임을 계속 추천해 준다.

자율주행 자동차인 학원 버스에 타자 차 안에 설치된 카메라가 동주와 친구들의 모습을 기록한다. 횡단보도 앞에 서 있던 학원 버스가 출발하려다 말고 '빵빵' 소리를 울리며 멈춘다. 신호를 무시하고 횡단보도에 뛰어든 사람이 있었기 때문이다. 다행히 아무도 다치지 않았다. 신호등 CCTV는 신호를 어긴 모습을 찍어 경찰서로 보낸다.

18:05

집으로 돌아온 동주가 현관 앞에 서자, 현관에 설치된 지능형 CCTV가 동주를 알아보고 문을 열어 준다. 동시에 동주 부모님은 동주가 무사히 집에 도착했다는 메시지를 받는다.

동주가 냉장고에 다가가자 냉장고 문에 붙은 화면에 간식 리스트가 뜬다. 동주가 간식을 골라 거실로 가서 TV를 켠다. 스마트 TV는 동주가 즐겨 보는 프로그램을 기억해 추천해 준다.

한참 TV를 보고 있는데 화면에 엄마가 뜬다. 30분 뒤에 저녁 반찬 재료가 드론 택배로 배달될 거라며, 엄마와 아빠도 곧 집에 도착한다고 했다. 이렇게 오래 TV를 보면 혼이 나겠지만 동주는 주차장에 차가 도착했다는 알림이 오면 TV를 끌 생각이다. 주차장에서 현관까지 오는 데 3분은 걸릴 테니 충분하다.

엄마는 다 알고 있어 🔍

과학 기술의 역사 RFID의 어제와 오늘

토론해 봅시다 내가 가는 곳을 알려고 하지 마!

RFID

Radio Frequency Identification 주파수를 이용해 정보를 읽고 쓰는 기술.

거의 모든 상품에는 바코드가 찍혀 있다. 바코드를 스캐너로 읽으면 가격, 제조일 등 등록된 상품 정보를 볼 수 있다. 그러나 더 편리한 기술, 전파로 정보를 주고받는 RFID가 있다. 막대 모양의 코드를 읽어 데이터베이스에 저장된 정보를 가져와 보여 주는 바코드와는 달리 RFID는 태그에 저장한 정보를 보여 준다. 전파로 통신하는 판독기와 태그는 그 사이가 멀어도 통신을 할 수 있어 물품 관리, 주차 관리, 도서 관리, 고속도로 하이패스 등 널리 활용되고 있다. 하지만 거리가 떨어진 곳에서도 태그에 저장된 정보를 볼 수 있어서 나쁜 마음으로 태그를 해킹한다면 개인 정보가 유출될 위험성이 높다.

지금 내 위치는 동주 방입니다

"이놈, 여기가 어디라고!"

동주는 자기 방에 침입한 외계 로봇을 레이저로 쏘았다.

그때였다.

"잠 안 자고 뭐 하니?"

"어, 엄마?"

"그래. 아임 유어 마더다. 이제 그만해."

동주는 얼른 홀로렌즈 고글을 벗었다.

"이제 막 시작했어요."

HL-G32 위치 이동 알림
pm 9시 15분
기본 영역에서 아웃,
동쪽으로 이동

HL-G32 위치 이동 알림
pm 10시 15분
기본 영역 동쪽

HL-G32 위치 이동 알림
pm 11시 15분
기본 영역 동쪽

엄마아~ 꺼 주세요.

안돼.

"이제 막 좋아하네. 두 시간이나 했거든?"

엄마는 스마트폰으로 받은 문자를 보여 주었다.

동주는 아차 싶었다. 이제 막 시작한 것 같은데 벌써 두 시간이나 지났다니.

"한 시간 지났다고 알림 왔을 때 너 어쩌나 봤는데 안 돌려놓더라. 괜찮아. 김동주, 대신 내일은 게임 시간 없는 걸로!"

"게임 시간을 늘려 주세요. 한 시간은 너무 짧아요."

동주는 최대한 억울한 표정을 지었다. 엄마는 대답하는 대신 동주 손에 있는 홀로렌즈 고글을 휙 가로챘다. 그리고 보란 듯이 홀로렌즈 고글을 기본 영역인 거실 선반에 올려놓았다.

"치이. 뭐든 엄마 마음대로야."

동주는 꿍얼대며 침대에 벌러덩 누웠다.

소리 없이 나를 따라다니는 RFID

RFID는 작은 칩에 저장된 정보를 전파를 이용해 주고받는 기술이다. 정보를 담고 보내는 'RFID 태그'와 정보를 받아 읽는 'RFID 판독기'로 구성된다. 가까이에서 코드 모양을 찍어야 하는 바코드와 달리 전파를 사용해 통신하기 때문에 장애물이 있거나 거리가 멀어도 정보를 주고받을 수 있다.

엄마는 요즘 RFID 태그가 있는 물건들에 기본 영역 범위를 설정하기 바쁘다. 물건들이 정해진 영역에서 벗어나면 자기 위치를 엄마 스마트폰에 알리도록 한 것이다. 가상현실 게임을 하는 데 꼭 필요한 홀로렌즈 고글에도 엄마가 영역을 설정한 RFID 태그가 붙어 있다.

"여보, 내 물건은 내가 설정할게요."

지갑이나 시계를 곧잘 잃어버리는 아빠도 물건에 RFID 태그를 달았다. 자기 위치를 알려 오는 RFID 덕에 안경이나 리모컨, 책 등을 찾기 위해 거실과 방을 헤매는 일이 없어지긴 했다.

하지만 엄마는 점점 RFID 태그를 이용해 가족들을 사사건건 감시했고, 누나는 태그가 더 이상 동작하지 않게 꺼 달라고 했다.

"엄마, 당장 제 물건 'KILL' 해 주세요. 아니, 제가 알아서 'SLEEP, WAKE' 할 수 있게 해 주세요."

"너희는 아직 내 보호가 필요하니까 안 돼."

엄마가 딱 잘라 말했다.

"가족끼리도 엄연히 사생활이 있어요. 엄마가 붙인 RFID 때문에

RFID 태그와 사생활 보호

RFID 켜고 끄기

태그 설정을 바꿔 정보를 보호할 수 있다. 태그를 사용하지 않을 때 끄는 것이 TAG SLEEP, 다시 켜는 것이 TAG WAKE다. 내가 원하지 않는 순간에 태그가 켜 있을 때, 이를 나쁜 일에 쓰려고 접근하는 사람이 있다면 사생활이 침해될 수도 있기 때문이다. 태그에 저장된 정보를 더 이상 사용하고 싶지 않다면 TAG KILL 설정을 하면 된다.

전파 방해

전파 방해 신호를 보내는 소형 기기를 가지고 다니면서 원하지 않는 RFID 판독기 가 내 태그의 내용을 읽어 정보를 수집하지 못하게 방해한다.

전파 차단 상자 'Faraday Cage'

철판이나 철망 등 무선 주파수 신호가 통하지 않는 소재로 만든 상자를 '패러데 이 케이지'라고 한다. 여기에 태그가 붙은 물건이나 휴대폰 등을 넣으면 내가 원하 지 않을 때 태그 정보가 읽히는 것을 막을 수 있다.

사생활이 침해당하는 느낌이라고요."

"옳소!"

동주도 거들었지만 사생활을 지키기는커녕 게임 시간만 줄었다.

쟤 가방 속에 최신 스마트패드가 들어 있어

다음 날, 동주는 마트로 가기 위해 버스에 올랐다. 평소라면 걸어갔겠지만 선미 생일 선물을 사야 해서 서둘렀다.

잠시 후, 키가 크고 덩치도 큰 형들이 버스에 우르르 타더니 동주 앞에 자리를 잡았다.

"야, 쟤 해 봐."

형들은 뭐가 좋은지 자기들끼리 키득키득 웃었다. 동주는 낌새가 수상해 얼른 스마트워치에 손을 댔다. 엄마에게 물건들을 SLEEP 해 달라고 문자를 보내고 있는데, 아니나 다를까 형들 중 한명이 스마트폰을 꺼내더니 동주의 가방과 몸을 훑어 내렸다.

"가방은 미래쇼핑센터에서 산 거고, 가방 안에는 열흘 전에 산 스마트패드가 있네. 오, 사양이 꽤 좋은데? 어디 보자, 학생증 카드에 입력된 주소가……"

동주는 퍼뜩 가방을 감싸 안았다.

"이놈들! 블랙박스로 다 찍고 있다."

버스 기사가 소리치자 그제야 형들의 손이 멈췄다.

"블랙박스로 찍어서 뭐 하시게요? 우리가 뭘 하긴 했나요?"

동주는 마침 버스가 서자 정류장에 내려 가방을 꽉 끌어안고 마트로 내달렸다.

"후유."

잠시 숨을 고른 동주는 마트로 들어갔다. 진열대에 있는 수많은 물건들 중에 무얼 고를지 난감했다.

RFID 판독기

RFID 태그를 읽기 위해서 꼭 판독기를 구입해야 하는 시절은 지났다. RFID 태그를 읽을 수 있는 스마트폰 애플리케이션이 있기 때문이다. 스마트폰 NFC 애플리케이션 통신을 이용해서 RFID 태그를 읽어 화면으로 볼 수 있다.

동주가 귀여운 몬스터 인형을 골라 장바구니에 담자 장바구니 액정 화면에 정보가 떴다.

가격: 7000원
8월 31일 오후 6시에 천안에서 출하
9월 12일 매장에 10번째로 입고

동주는 돈을 내려고 지갑을 열었다.

"엥?"

돈이 오천 원밖에 없었다. 동주는 하는 수 없이 자동 계산대에 스마트워치를 댔다. 곧 몬스터 인형에 붙은 전자 태그가 자동 결제되어 엄마 스마트폰으로 전송될 것이다.

'하나, 둘, 셋, 넷, 다섯.'

동주는 속으로 수를 세었다. 역시 오 초 만에 동주의 스마트워치가 울렸다.

"마트에는 왜 갔니? 몬스터 인형은 또 뭐고? 학원 늦는다. 빨리 가라."

스마트워치를 누르자 엄마의 빠른 목소리가 흘러나왔다.

"곧 갈 거예요. 참, 아까 어떤 형들이요……."

　동주는 조금 떨리는 목소리로 버스에서 있
었던 일을 엄마에게 말했다.
　"그래, 그래. SLEEP 시켜 놓을게."

엄마들은 다 알고 있어

　학원 앞에 다다르자 같은 반 윤
석이가 기다렸다는 듯 동주에게 쪼르르 뛰어왔다. 윤석이는 학원
카드를 불쑥 내밀었다.
　"뭐야, 또 나보고 대신 찍어 달라고?"
　윤석이가 힘차게 고개를 끄덕였다.
　"알았어. 빨리 찍고 와."
　동주의 말이 끝나기 무섭게 윤석이가 홀로렌즈 고글을 썼다. 그
러고는 학원 반대편 편의점으로 잽싸게 발을 놀렸다.
　그때였다. '끼익' 소리와 함께 자동차 한 대가 윤석이 앞에서 섰
다. 너무 놀란 윤석이는 그 자리에 주저앉고 말았다.

급하게 선 자동차에서 아저씨가 차창 밖으로 고개를 내밀더니
윤석이에게 소리쳤다.

"신발에 있는 전자 태그를 미리 감지했으니 망정이지 큰일 날
뻔 했잖아. 앞으론 조심해라."

얼이 빠진 윤석이는 고개만 끄덕끄덕했다.

"괜찮아?"

동주가 걱정스레 물었다. 그 순간, 윤석이의 스마트워치가 요란
하게 울렸다.

"여보세요."

윤석이가 얼른 받았다.

"너 좀 전에 도로에는 왜 있었던 거야? 홀로렌즈 가져갔니? 그러다 사고 나면 어쩌려고 그래? 근데 학원 시작하지 않았어?"

윤석이의 스마트워치 너머로 윤석이 엄마의 목소리가 쩌렁쩌렁 울렸다. 윤석이는 자동차에 치일 뻔했다는 이야기를 하지 않았다. 말하지 않아도 다 알게 될 게 뻔했기 때문이다.

곧이어 동주의 스마트워치가 울려 댔다.

"학원 출석 알림이 왜 아직 안 오는 거야. 학원 앞에서 뭐 하는 거냐고?"

동주는 대답하는 대신 윤석이를 쳐다보았다.

"엄마들은 다 알고 있다니까."

"그러게."

동주가 약간 머쓱한 표정으로 뺨을 긁었다. 윤석이가 한숨을 푹 내쉬었다.

RFID의 어제와 오늘

RFID, 우리 생활 속에 자리 잡은 인식 기술

RFID 기술은 서점, 도서관, 교통 카드 등 우리 실생활에서 흔하게 사용된다. 아파트나 학교, 회사에서 이용되는 출입 카드의 RFID 태그는 문을 열어 주기도 하고, 이용자를 구별해 출입 시간을 기록하기도 한다. 신용 카드나 교통 카드에 들어 있는 RFID 태그는 버스나 전철, 택시 요금을 내는 데 쓰이며, 고속도로 요금소를 지나면서 요금을 내는 하이패스에도 RFID 기술이 사용되고 있다.

어디에나 쓰이는 RFID

RFID 기술로 상품이 이동하고 팔리는 것을 추적, 관리할 수 있다. 정보를 담은 태그를 상품, 포장용 종이 가방, 포장 상자 등 어디에나 붙일 수 있어 물건을 판매하는 곳에서 널리 쓰이고 있다. 그 밖에 동물 피부에 심을 수 있는 작은 태그는 야생 동물을 관리하고 보호하는 데 쓰인다. 또, 반려동물이 길을 잃었을 때 찾기 쉽도록 동거인의 정보가 든 RFID 태그를 심기노 한다.

우리나라에서 RFID가 쓰인 것은 언제?

우리나라에서 처음 RFID가 사용된 건 1980년대다. 그때는 태그와 리더기가 모두 값이 비싸고 크기도 커서 쓸 수 있는 곳이 적었다. 그러다 1990년대 후반부터 태그의 크기가 작아지고 값도 싸져서 반려동물을 등록하는 장치로 쓰이기 시작했다. 지금은 도난 방지, 전자 결제 등 미처 알아차리지도 못하는 때 RFID 기술을 쓸 정도로 관련 기술이 자리를 잡았다.

생각하지도 못했던 RFID 미래 모습

사람의 몸에 RFID '생체 칩'을 심기도 한다. 이 생체 칩은 개인 정보를 저장하고 무선으로 외부와 통신할 수 있어 출입 시간을 기록하거나 물건을 사는 등 눈에 보이는 RFID 카드의 기능과 다를 것이 없다. 또, 개발하고 있는 '두뇌 이식형 생체 메모리 칩'은 생각과 기억을 칩으로 보낼 수 있으며, 스마트폰이나 컴퓨터, 그 밖의 전자 기기를 생각만으로 작동시킬 수 있다.

내가 가는 곳을 알려고 하지 마!

RFID 기술을 사용하면서 가장 걱정되는 점은 사생활 침해 문제다. 태그는 점점 여러 분야에 쓰이는데, 태그에 담긴 내 정보를 누가, 언제, 어디서, 어떻게 읽어 낼지 알 수 없기 때문이다. 삶의 질을 높여 주는 편리함과 은밀하게 나를 지켜보는 감시에 대해 함께 생각을 나누어 보자.

편리하잖아

RFID 태그는 제품이 드나드는 것을 편리하게 관리하고 도난도 막을 수 있어. 값비싼 물건에 태그를 달면 진품인지도 알 수 있잖아.

난 불안해

반대로 생각해 봐. 제품마다 붙은 일련번호 때문에 물건을 산 소비자가 추적당하기도 해. 그리고 마음만 먹으면 RFID 태그에 있는 정보를 바꿀 수 있어 진품 여부를 조작할 위험도 있다고.

장점이 많아

이동 경로를 추적할 수 있으니까 관리도 할 수 있는 거 아니겠어? 그래서 물건뿐만 아니라 동물 이식용 태그로도 사용되고 있어. 잃어버린 동물을 찾거나 야생 동물을 보호하는 데 쓰이고 있지. 그뿐만이 아니야. 치매 환자에게 이식하면 환자의 이동 경로를 파악해 빨리 찾을 수 있어. 생각해 봐. 환자가 태그를 이식하지 않아 길을 헤매면 가족들 마음이 얼마나 아프겠냐고.

꺼림칙한걸

물건이나 동물에게 이식하던 태그를 사람 몸에도 이식한다고? 글쎄, 나라면 꺼림칙해서 싫을 것 같은데. 그나저나 본인에게 동의는 받은 거야? 아픈 환자라고 해도 사생활이 있는 거잖아.

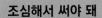

빨라서 좋아

이건 어떻게 생각해? 태그에 입력된 내 정보들을 병원에 빠르게 보낼 수 있어서 편리하게 진료를 받을 수 있다는 사실 말이야.

조심해서 써야 돼

하나만 알고 둘은 모르네. 병을 치료받은 내용을 담은 RFID 태그를 누군가 해킹한다고 생각해 봐. 개인을 식별하는 지문이나 홍채 정보가 유출되는 거나 다름없어. 병원 기록을 아무나 함부로 보면 안 되는 거라고.

2장

우리 누나는 유명인?

그것이 알고 싶다 **SNS, 빅데이터 너 누구냐?**

토론해 봅시다 **건들지 마! 내 사생활**

SNS와 빅데이터

Social Network Services 관심을 공유하는 사람들을 이어주는 온라인 서비스.
Big Data 인터넷 세상에서 만들어지는 모든 데이터.

책과 신문을 통해 찾던 정보들을 이제는 인터넷에서 손쉽게 검색하고 빠르게 얻는다. 이렇게 모은 정보는 또 새로운 문서가 되어 인터넷 세상으로 나온다. 이러한 정보와 단어들을 데이터라고 부른다. 데이터 하나하나는 작지만 끝을 알 수 없이 계속 늘어난다. 이 데이터들의 집합이 '빅데이터'다. 그중 페이스북, 트위터, 인스타그램, 핀터레스트 등 SNS는 개인 정보의 집합체라고 할 수 있다. 사진이나 글, 동영상 등을 쉽게 올리고 널리 공유할 수 있기 때문이다. 기업들은 SNS 속 빅데이터를 수집해 그 안에 담긴 메시지를 분석하고 마케팅에 이용한다. 기업들은 소비자에게 더 가깝게 다가갈 수 있고, 소비자는 맞춤형 서비스를 받을 수 있다. 맞춤형 서비스가 편리한 만큼 내가 쓴 글과 검색 기록, 방문한 사이트 등이 그대로 기록되고, 감시당하고 있다는 뜻이기도 하다.

맞춤형 정보가 딱!

"김진주. 여행 준비 잘하고 있어?"

아빠가 출근 준비를 하다 누나를 불렀다.

"그럼요! 염려 마십쇼."

방에서 후다닥 뛰어나오더니 누나가 시원하게 대답했다.

"빅데이터가 해 주는 거 다 아는데 큰소리는."

부엌에서 우유를 마시다 말고 동주가 소리쳤다.

며칠 전, 누나는 여태껏 볼 수 없었던 진지한 표정으로 식구들 앞에 섰다. 그동안 열심히 공부해서 차곡차곡 쌓은 영어 실력, 그러면서도 틈틈이 집안일을 도운 것과 먹고 싶은 것 안 먹고, 사고 싶은 것 안 사면서 여행 자금을 모은 일 등등을 말하며 배낭여행 계획을 발표했다. 아빠와 엄마는 누나가 이렇게 의지를 불태운 적이 없었던 터라 고심 끝에 허락을 해 주었지만 곧 후회를 하는 눈치였다.

아빠가 작게 한숨을 쉬었다.

"며칠 전 여행사가 데이터를 조작해 문제 된 거 뉴스 봐서 알지? 실제로 아빠 회사 사람이 당했다니까. 신

빅데이터

컴퓨터, 스마트폰, CCTV 등 여러 기기를 사용하면서 곳곳에 남은 엄청난 양의 흔적들을 말한다. 위치 정보, SNS, 문자, CCTV 영상, 이메일, 통화 내역 등이 있다. 미처 알아차리지도 못하는 사이에 방대한 개인 정보도 빅데이터로 쌓인다.

용 카드로 여행지 호텔을 결제했는데 있지도 않은 호텔을 예약한 것도 모자라 카드 사용 기록은 마구잡이로 관리해서 개인 정보가 유출됐다니까. 눈 감으면 코 베어 가는 세상이라고."

"아! 그 기사 저도 봤어요. 이거잖아요."

동주가 스마트폰으로 기사를 찾아 큰 소리로 읽었다.

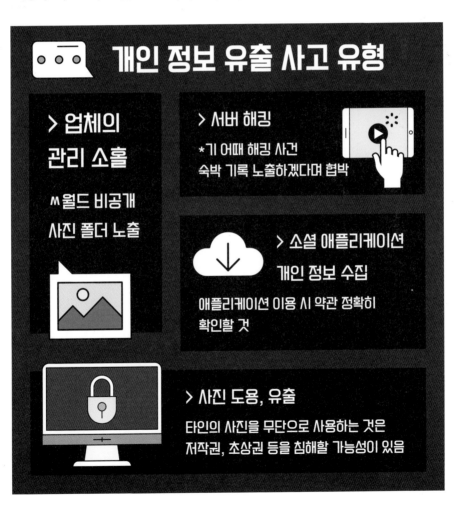

개인 정보 유출 사고 유형

> 업체의 관리 소홀

ᄊ월드 비공개 사진 폴더 노출

> 서버 해킹

*기 어패 해킹 사건 숙박 기록 노출하겠다며 협박

> 소셜 애플리케이션 개인 정보 수집

애플리케이션 이용 시 약관 정확히 확인할 것

> 사진 도용, 유출

타인의 사진을 무단으로 사용하는 것은 저작권, 초상권 등을 침해할 가능성이 있음

　"수많은 사용자의 데이터를 가지고 있는 한 여행 기업이 수십만, 수백만 명의 데이터를 수집하여 의도적으로 조작하였다. 이 기업은 여행에 대한 기대로 들뜬 고객의 심리를 이용해 돈벌이에 이용했으며 피해자 중 A씨는, 아빠 이 A씨가 아빠 회사 사람이죠?"

　아빠는 고개를 끄덕이고 걱정스러운 눈으로 누나를 쳐다보았다.

　"그러니까 아무리 기술이 뛰어나도 데이터 분석에 무작정 의존하지 말고 도서관이나 서점에 가서 책 좀 봐. 만날 인터넷만 들여다보지 말고. 갈 시간이 안 되면 전자책이라도 찾아보든가."

　누나는 한숨을 쉬며 아빠 옆으로 바짝 갔다.

"아빠, 요즘에 누가 책을 뒤적여요? 그냥 '여행'이라는 검색어 하나면 나한테 맞는 맞춤형 정보가 딱 오는데요. 그리고 문제가 생기면 '디지털 장의사'한테 맡기면 돼요."

괜한 걱정을 한다는 누나의 말투에 아빠 눈썹이 꿈틀거렸다.

"디지털 장의사가 데이터를 아무리 지워 줘도 데이터가 남아 있단 말이야. 검색 엔진이 저장해 둔 페이지나 다른 사용자의 페이지에는 계속 남아 있다고. 아무튼 데이터 분석만 너무 믿지 말고 계획 잘 세워라. 동주 너는 엄마 출장 갔다고 학원 빼먹지 말고."

"네."

누나는 들릴 듯 말 듯 희미하게 대답했고 동주는 힘없이 고개를 끄덕였다. 조금은 안심이 됐는지 아빠가 서둘러 집을 나섰다.

아빠가 나가자마자 동주는 TV 앞에 앉았고, 누나는 제 방으로 들어갔다.

> **디지털 장의사**
> 온라인상에서 활동하며 남긴 그림과 사진, 동영상, 댓글은 물론 각 사이트에 만든 아이디까지 샅샅이 찾아 남김없이 지워 주는 사람을 말한다.

우리는 소셜 분석가

"진짜 부럽다. 언제 간다고?"

"어느 나라부터 갈 거야?"

방에 들어간 누나는 친구들과 음성 채팅을 시작했다. 누나 친구들의 목소리가 크게 들렸다.

"다음 주 금요일에 출발해. 근데 큰일 났어. 아빠가 빅데이터한테 맡기지 말고 책에서 찾으라는 거 있지. 회사에서 누가 해킹 때문에 개인 정보가 털렸다고 하면서 말이야."

누나가 죽는소리를 하자 친구 한 명이 얼른 대꾸했다.

"그래도 혼자 배낭여행 보내 주잖아. 우리 아빠는 여행은커녕 지금이라도 데이터 사이언티스트 자격증 따라고 난리야. 정확하게 분석된 빅데이터를 적절한 타이밍에 신속하게 제공해서 세상을 꿰뚫어 보는 사람이 되라나?"

친구의 말에 누나가 까르르 웃었다.

"뭐야. 데이터 사이언티스트까지 나오고. 우리 아빠가 훨씬 낫네. 그건 그렇고! 지금 SNS에서 배낭여행에 대한 정보를 모으려고 하는데, 너희들도 도와줘."

"오올! 소셜 분서처럼?"

친구 하나가 알은체를 했다.

#타박타박 #E.U #맛집
#여행인스타 #여행친구
#영국혼자가기 #안전
#LONDON

"그래, 맞아. 나라고 못하겠냐. 이 언니가 한다면 하는 성격이잖아."

잠시 말이 없던 누나가 들뜬 목소리로 다시 말했다.

"#배낭여행, #여행인스타, #영국혼자가기, #타박타박……. 역시 많네. 그럼 #배낭여행 먼저. 우와, 대박. 패션 회사 사람인가 봐. 배낭여행 때 입을 패션 스타일을 모아 놓은 태그가 있어."

"#타박타박은 어때?"

"여기 '배낭여행자의 하소연'이라고 누가 올린 글이 있어."

그렇게 누나는 배낭여행에 관한 궁금한 점을 올렸고, 누나 친구들은 한참 동안 배낭여행에 관련된 글이나 사진, 동영상 등을 모았다. 하지만 시간이 흐를수록 SNS 세상 사람들은 누나가 올린 다른 글에 관심을 돌리기 시작했다. 게시물을 멋대로 퍼 가지 말라고 해도 소용이 없었다.

"아니, 내 힘으로 가는 건데, 잘 알지도 못하면서 왜 이래?"

누나 목소리가 커졌다. 적잖이 많은 사람들이 누나에게 고약하고 못된 댓글을 달았다.

"뭐, 이런 개념 없는 사람들이 있냐? 친절하게 알려 주는 척하다가 완전 뒤통수치네. 더 센 글을 달아서 본때를 보여 주자!"

친구들이 버럭 화를 냈다. 누나 역시 공공의 적이 따로 없다며 타닥타닥 키보드를 두들겨 댔다.

"어! 잠깐만. 이게 뭐지?"

누나가 갑자기 말을 뚝 멈췄다.

눈 감으면 코 베어 가는 세상

누나의 당황한 목소리에 궁금해진 동주는 누나 방으로 살금살금 가까이 갔다.

"이거 나한테 보낸 기 맞지?"

대수롭지 않은 척하지만 누나의 목소리가 떨려 왔다.

함부로 악플 달지 마세요!

개인 정보 불법 수집

동의를 받지 않고 다른 사람의 개인 정보를 함부로 수집하거나 퍼뜨리는 이른바 신상 털기를 하면 '개인정보 보호법'에 따라 5년 이하의 징역 또는 5000만 원 이하의 벌금에 처한다.

사이버 명예훼손죄

다른 사람을 헐뜯기 위해 인터넷에 잘못된 사실을 퍼뜨리는 '사이버 명예훼손죄'는 '정보통신망법'에 따라 7년 이하의 징역이나 5000만원 이하의 벌금을 내야 하는 중범죄다. 또, 사실이라 하더라도 인터넷에서 말을 퍼뜨려 다른 사람의 명예를 훼손한다면 이 또한 3년 이하 징역, 3000만원 이하의 벌금형을 받게 될 수 있다.

여기에 사람이 있어요

우리나라는 '개인정보 보호법', '정보통신망법' 등으로 인터넷상에서 개인의 권리가 침해당하지 않도록 보호하고, 법을 어길 때에는 벌을 준다. 그러나 꼭 벌을 받아서가 아니라 내가 홧김에 뱉은 한마디, 장난으로 쓴 글 한 줄에 마음 아파하고 상처받는 사람이 화면 너머에 존재한다는 것을 생각하는 것이 중요하다.

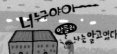

동주는 누나 모르게 슬쩍 방문을 열었다. 누나는 두 손으로 머리를 감싼 채 노트북을 들여다보고 있었다. 동주가 방에 들어가 누나의 노트북 화면을 보는데도 모르는 눈치였다.

RT @*eoulmilk
누구나 한 번쯤은 낭만적인 #배낭여행 을 꿈꾸는데요. 그중에서 #막말여행녀의 이야기가 흥미롭습니다. 돈을 모았다고 하지만 결국 부모 돈 아니겠어요? #영어학원 도 부모 돈, #여행지에서 뽐낼 패션 등도 마찬가지죠. 지금 나와 같이 #진주 같이 영롱히 빛나는 그 소녀의 이야기를 들여다볼까요? go, go! 〉〉 t.co/tPGRdo/B2MX6fs

---

글을 본 누나 친구들이 천천히 입을 뗐다.

"지금 누군가 네 글을 조작해서 너를 모함하고 있어. 진주야, 들어가 볼 거야?"

이미 태그를 눌러 확인한 누나는 아무 대답도 하지 않았다.

동주는 누나가 태그한 것을 고스란히 보았다. 누나의 개인 신상은 물론 누나가 그간 올렸던 글들과 사진, 동영상들이었다.

"얘들아, 나중에 통화하자."

그제야 뭔가 심상치 않은 일이 일어나고 있다는 걸 깨달은 누나는 일단 스마트폰 전원을 껐다. 그러는 사이 그 글 밑에 엄청난 욕설 댓글과 '좋아요'가 달렸고, 심지어 비슷한 태그들이 만들어져 온갖 욕설이 붙어 눈덩이처럼 커졌다.

주소가 ○○○로 ××-× 이지?
지금 너희 집 앞이야.

집에 찾아왔다는 글까지 달리자 누나는 동주에게 같이 나가 보
자며 팔을 잡아끌었다.

동주는 누나에게 이끌려 밖으로 나갔다. 하지만 어디에도 의심
될 만한 사람이 없었다. 다시 누나 방으로 돌아오자 노트북에는 이
미 수많은 여행 정보 사이트와 광고성 이메일이 앞다퉈 뜨기 시작
했다. 배낭여행에 관련된 것들이라 평소 같으면 얼른 들여다봤겠
지만 누나는 멍해졌다.

'눈 감으면 코 베어 가는 세상이라니까.'

동주는 갑자기 아빠가 한 말이 생각났다.

"……나에게도 이런 일이 생기는구나."

누나는 가만히 중얼거렸다. 누구에게 하는 말인지 누나 자신도
알 수 없었다.

SNS, 빅데이터 너 누구냐?

SNS, 거짓과 괴담, 희망과 용기를 함께 퍼뜨리는 너

페이스북, 인스타그램, 트위터 등 SNS는 특정한 관심이나 활동을
공유하는 사람들 사이를 이어 주는 편리한 온라인 서비스다. 사용
자가 점점 많아지고, 그만큼 사람들에게 끼치는 영향력도 크다. 이
를 통해 돈을 버는 사람도 있고, 유명세를 위해 근거 없는 이야기
를 지어내는 사람들까지 생겼다. 이렇게 SNS에 떠도는 말들은 어
떤 사람에게는 절망을, 어떤 사람에게는 용기와 희망을 전하기도
한다.

빅데이터, 끝을 알 수 없는 세계

빅데이터는 계속 쌓인다. 지금 이 순간에도 누군가는 SNS에 글을
쓰고, 서로 쪽지를 주고받고, 예쁜 고양이 사진을 올리고 있기 때
문이다. 데이터 양이 늘고, 양이 늘어나는 속도도 빨라지는 것만큼
빅데이터를 분석하는 기술도 함께 발전한다.

숨은 조력자 데이터 사이언티스트와 손잡고 있다던데

데이터가 쌓이면 사람들의 생각과 의견, 관심 등을 담은 엄청난 빅데이터가 된다. '데이터 사이언티스트'는 어마어마한 빅데이터 속에서 믿을 수 있는 데이터를 모으고, 그중 의미 있는 데이터를 찾아 사람들에게 가치 있고 유용한 정보를 전달한다.

SNS와 빅데이터, 너희 둘이 은밀한 거래를 한다고?

빅데이터라는 용어가 등장하면서 SNS 분석이 활발해지고 있다. 많은 기업들이 SNS에 관심을 가지면서 뉴스 댓글, 카페 댓글 분석과는 다른, 아주 새로운 결과가 나올 거라고 기대하고 있다. 예전에

는 사람의 의사를 분석하는 데 집중했지만 지금은 사람들 사이의 관계를 분석하여 소비자에게 쓸모 있고 알맞은 맞춤 정보와 서비스를 주고 있다.

사생활 침해와 아주 밀접한 관련이 있는 게 분명해

우리가 SNS와 인터넷에 남긴 정보들은 고스란히 데이터로 저장되어 있다. SNS에 올린 정보는 아이디를 삭제한다고 해도 검색 사이트가 저장해 둔 페이지에 남아 있을 수 있고, 다른 사람이 복사해 간 페이지에도 계속 남아 있다. 인터넷을 켜는 순간부터 우리가 채 느끼지도 못하는 사이에 수많은 개인 정보가 흘러 나가고 있으며, 일단 퍼진 개인 정보는 다시 거둬들일 수 없다.

건들지 마! 내 사생활

우리가 만든 빅데이터 속에서 살아가고 있는 오늘날, 사생활을 지키기 쉽지 않다. 빅데이터를 이용해 편리함을 누리는 것만큼 사생활을 지키는 것도 우리가 누려야 할 권리다. 토론을 통해 수많은 데이터를 어떻게 활용할지, 문제점이 무엇인지 생각해 보자.

빅데이터 덕분이야

강력 범죄율이 낮아졌어. 범죄가 일어나는 시간, 요일, 장소, 대상 등 빅데이터를 분석해 범죄 가능성을 예측하지. 덕분에 세상이 안전해지고 있어.

완벽하지 않아

그래, 그럴 수 있지. 하지만 범죄 예방 분석은 완벽하지 않아. 어디까지나 예측이니까. 90퍼센트 정확도로 범인을 잡을 수 있다 해도 10퍼센트의 죄 없는 사람들이 범죄자 꼬리표를 달고 사는 일이 벌어질지도 몰라.

산업을 발전시켜

빅데이터 분석은 산업 발전에도 도움이 돼. 데이터로 날씨에 따라 소비자가 어떤 물건에 관심이 있는지 알아내서 '빅데이터 마케팅'에 활용하기도 해. 패션 업체들은 SNS와 빅데이터를 활용해 유행하는 스타일에 빠르게 맞추고 있어.

감시자가 될래?

그래. SNS 데이터 얘기를 해서 말인데, 그런 데이터만 가지고 있으면 누구나 '일상화된 감시자'가 된다는 거 몰라? 뿔뿔이 흩어진 데이터를 다루기 때문에 원치 않게 사생활이 침해될 가능성이 높고, 우리 생각까지 감시당할지도 몰라.

도움이 돼

그건 사용자가 인터넷 설정을 제대로 하지 않아서 일어나는 문제 아니야? 그런 피해를 줄이려는 게 데이터 분석이야. 빅데이터를 분석한 의료 기술로 수많은 사람들의 목숨을 구한다고. 빅데이터 분석은 건물 붕괴, 선박 침몰 등과 같은 재난에도 대비할 수 있게 해 줘.

피해를 보는 사람이 있어

그렇지만 아무리 뛰어난 기술이라도 우리에게 피해를 준다면 결코 좋은 기술이라고 할 수 없어. 내가 원치 않게 사생활 침해를 받거나 내 개인 정보를 이용해 나쁜 일에 쓴다면 어떨 것 같아? 내가 쓰지 않은 돈을 갚아야 할 수도 있다고. 후유, 생각만 해도 머리가 아파.

3장

감시자가 된 아빠

과학 돋보기 1인 GPS 시대

스스로 지킨다 위치 추적 꼼짝 마!

토론해 봅시다 GPS는 나침반인가, 족쇄인가?

GPS

Global Positioning System 지구 위 한 지점의 위치를 알려 주는 기술.

종이 지도를 들여다보며 내 위치를 짐작하던 때는 지났다. GPS는 내가 어디에 있는지 지구 밖에서 정확하게 콕 집어 위치를 알려 주는 기술이다. 지금 이 시간에도 우리 머리 위 고도 2만 200킬로미터 상공에는 GPS 인공위성 수십 개가 운행하며 전 세계에 정확한 시간과 위치 데이터를 보내고 있다. 내비게이션 회사는 인공위성이 보내 주는 GPS 정보를 받아 운전자들에게 모르는 길을 알려 주거나, 내 위치에서 빠른 길을 알려 줄 수 있다. 그러나 사람들의 위치 정보를 수집해 활용할 때, GPS의 편리성에만 주목할 게 아니라 개인의 권리를 침해하지 않으면서 편리함을 누릴 방법도 함께 마련해야 한다.

부장님이 지켜보고 있다

아빠는 벌써 한 시간 넘게 서울 시내를 헤맸다. 오랜만에 가족끼리 외식을 기대하며 아침도 굶고 나왔지만 이제는 다들 아무 식당에 가서 배를 채웠으면 하는 눈치였다.

"그냥 내비게이션을 켜면 될 텐데."

슬슬 시작된 엄마의 불평에도 아빠는 앞만 보며 운전했고, 울상까지 짓는 누나를 보고도 운전대를 꽉 쥔 채 아무 말도 하지 않았다.

조수석에 앉은 동주는 아빠를 힐끗 올려다보았다. 집에서 출발할 때의 당당한 모습은 사라진 지 오래였고, 아빠 이마에는 땀방울이 송송 맺혀 있었다.

"내비게이션 켜면 안 돼요?"

동주가 조심스레 물었다. 아빠는 땀을 닦으며 희미하게 웃었다.

"괜찮아. 아빠가 찾을 수 있어."

하지만 삼십 분이 더 흐른 뒤 아빠는 결국 자동차 내비게이션을 켰다.

"연희동 목란 식당으로 안내해."

아빠의 음성을 듣고 장소를 인식하자 자동차 앞 유리 스크린에서 붉은색 선이 나타나더니 바로 방향을 표시했다. 가족들은 그제

야 마음을 놓고 안심했다.

그 순간 갑자기 아빠의 스마트폰이 요란스럽게 울렸다. 아빠는 화면에 뜬 이름을 보자마자 인상을 팍 썼다.

"네, 부장님."

아빠는 완전 자율 주행으로 바꾸고 전화를 받았다.

"내비게이션은 왜 껐는가? 설마 내가 위치 추적할까 봐 그런 건 아니겠지? 하여튼 오늘 안으로 업무 보고서 올리는 거 잊지 말게. 내비게이션 끄지 말고."

무뚝뚝한 백부장의 목소리가 스마트폰에서 새어 나왔다.

"네, 알겠습니다."

아빠는 뻑뻑한 눈에 힘을 주면서 대답했다. 엄마는 황당하다는 눈으로 아빠를 보았다.

"어머어머어머! 주말에도 일 시키면서 뻔뻔하게 위치 추적까지 한 거예요? 아니, 왜?"

"그러니까요. 직장 상사면 다인가?"

아빠의 굳은 표정을 본 누나는 목소리가 커졌다. 동주도 백부장이 너무 얄미웠다.

"회사 택배 기사들이 주말에도 일을 하니까 나도 같이 일을 하는 게 맞지."

난처해진 아빠가 변명하듯 말하는데

내비게이션의 두 얼굴

친절한 안내자

자동차 내비게이션에는 GPS가 들어 있어 현재 자신이 있는 위치를 지도상에 표시하고, 목적지까지 길을 안내해 준다. 또한 인터넷에 연결되어 도로 상황도 파악할 수 있다. 사고가 났거나 막히는 길을 피해 가장 빠르게 도착할 수 있는 길을 안내해 준다.

치밀한 추적자

자동차 내비게이션은 GPS 이동 경로를 저장할 수 있어서 자주 가는 곳을 기억해 더 빠르게 안내해 준다. 그러나 반대로 생각하면 내비게이션이 저장한 GPS 경로 정보가 해킹된다면 개인 정보가 침해될 수도 있다. 내가 어디에 사는지, 어디에 자주 가고 얼마나 오래 머무는지 모든 기록을 볼 수 있는 것이다. 또한 인터넷에 연결해 이용하는 내비게이션의 특성상 만약 해킹당한다면 실시간으로 내 위치가 드러날 위험성도 크다.

마침내 자동차가 식당 앞에서 멈췄다. 아빠가 한쪽 눈을 찡긋하면서 말했다.

"배고프지? 얼른 내리자."

아빠의 지도 어플

맞은편에 앉은 누나와 엄마는 양 볼이 미어지도록 쌈을 크게 싸먹었다. 아빠는 스마트폰을 보느라 음식은 먹는 둥 마는 둥이었다.

"아빠. 아아, 하세요."

동주는 상추쌈을 아빠 입에 넣어 주려 손을 뻗었다. 아빠가 상추쌈을 입에 넣는 사이 동주는 아빠의 스마트폰을 슬쩍 보았다. 아빠는 지도 애플리케이션을 보고 있었는데 누구 이름인지 지도 위에서 파란색 점과 함께 요리조리 움직이고 있었다.

이동훈 기사 pm 11:50 미래 식당, pm 12:30 출발, pm 13:20 배달지 도착

아빠는 '이동훈 기사 점심시간 전 점심 먹음'이라고 적은 다음 그 옆에 '배달지 동선 수정 필요'라고도 적었다. 너무 골똘하게 보느라 동주가 훔쳐보는 줄도 몰랐다.

최제우 기사 pm 13:25 광화문 도착

김종태 기사 pm 13:30 동대문 시장

박대영 기사 네트워크 아웃

'무얼 하는 거지?'

동주는 뭔지 모르겠지만 움직이는 점을 계속 들여다보았다.

"응? 네트워크 아웃?"

아빠의 눈이 번쩍 커졌다. 그리고 난감한 표정으로 고개를 들었다. 그제야 동주가 보고 있었다는 걸 알게 된 아빠는 거북이처럼 눈을 껌뻑껌뻑했다. 띠리리. 다시 스마트폰이 울렸다. 또 백부장이었다.

"네, 네. 저도 보았습니다. 곧 확인하겠습니다."

소곤거리며 대답하던 아빠는 엄마가 굳은 얼굴로 숟가락을 탁 놓자 얼른 통화를 끝냈다. 목소리를 가다듬고 아빠가 다시 말했다.

"밥 먹고 택시 타고 가요. 아무래도 회사에 가 봐야겠어. 보고서만 쓰면 되니까 빨리 하고 올게요."

아빠는 시무룩 자리에서 일어났다. 동주는 저도 모르게 자리에서 튕기듯이 일어서며 아빠의 손을 잡았다.

★ 직원 리스트 현황 ★

 ★이동훈– 점심시간 전 점심 먹음 / 배달지 동선 수정 필요

 ★최제우– 배달 시간 단축

 ★김종태– 근무지 이탈

 ★박대영– 네트워크 아웃

"저도 따라갈래요."

치사하지만 스마트폰을 가리키며 '데려가지 않으면 엄마한테 다 말할 거예요.' 하는 눈빛을 보냈다. 아빠는 스마트폰을 만지작거리다가 결국 동주를 데리고 식당을 나왔다.

누구를 위한 감시인가

회사 앞에 도착하자 턱수염이 듬성듬성 난 아저씨가 의기양양한 미소를 짓고 서 있었다. 아저씨 가슴에 '배몬 기사 박대영'이라고 적혀 있었다.

"차 안에 가만히 있어야 해. 절대로 나오면 안 돼."

아빠의 얼굴이 더 굳어졌다. 동주는 궁금한 게 많았지만 알았다고 크게 대답했다. 하지만 아빠가 차에서 내리자 동주는 자동차 킹문을 슬머시 내리고 아빠와 턱수염 아저씨에게서 눈을 떼지 않았다.

"차장님, 이러시면 안 되죠. 제가 위치 추적에 동의한 적 없잖아요. 이거 운행 기록 장치 맞죠? 저를 감시하셨어요?"

턱수염 아저씨는 아빠에게 다짜고짜 무언가를 내밀었다. 턱수염 아저씨가 내민 물건이 너무 작아서 동주가 얼굴을 내밀어도 잘 보이지 않았다.

잠깐 숨을 고른 다음 턱수염 아저씨가 다시 말을 이었다.

"오토바이 바퀴 사이에 붙여 놓으면 모를 줄 알았냐고요. 여기 김 기사 트럭 밑에도 있던데. 설마 차장님이 그러셨어요?"

아빠는 고개를 숙인 채 우물거렸다.

"그, 그게 회사 방침이 그렇게 내려와서 말입니다. 고객의 편의를 위해 물품 배송 상황이 신속하게 조회돼야 하고, 그러려면 직원들을 파악해야······."

"고객 서비스를 이렇게 해결하면 안 되죠. 누군가 끊임없이 내 위치를 감시한다고 생각해 보세요. 마음이 편하겠어요? 낮은 연봉, 잦은 야근보다 더 힘든 게 뭔지 아세요? 바로 감시예요, 감시. 아무튼 개인 정보 침해로 신고할 테니 그리 아세요."

턱수염 아저씨는 절대로 용서할 수 없다는 표정으로 바락바락 소리쳤다. 분통이 터지는지 가슴팍도 팍팍 두들겼다. 동주는 대체 무슨 일이기에 아빠가 어물어물하고 있는지 이해가 가지 않았다.

"혹시 그거?"

　동주는 턱수염 아저씨를 흘겨보다 갑자기 아빠의 스마트폰에서 본 지도 애플리케이션과 열심히 적은 글들이 떠올랐다. 생각해 보니 이것도 저것도 모두 다 백부장 탓인 거 같았다. 동주는 자동차 문을 벌컥 열었다.

　"아빠도 감시당하고 있어서 어쩔 수 없었단 말이에요."

　동주는 성큼성큼 걸어와 아빠 옆에 섰다.

　"나오지 말라니까. 어서 들어가. 어서."

　아빠의 말투가 표 나게 엄해졌다. 하지만 동주는 아랑곳하지 않았다.

　"싫어요."

　계속 버티자 아빠는 동주를 밀었던 손을 축 늘어뜨렸다.

"후유, 내가 동주만 할 때에는 이런 일을 하리라곤 상상도 못했는데…… 도대체 누구를 위한 감시인지."

느릿느릿하게 말하는 아빠를 바라보던 턱수염 아저씨와 동주의 눈이 마주쳤지만 아저씨는 입을 꾹 다문 채 등을 돌렸다.

회사의 직원 정보 추적

외부에서 일하는 직원을 관리하는 데 위치 파악은 필수라며 위치 정보를 수집하는 회사들이 있다. '위치정보법'에는 위치 정보 수집을 개인들이 거부할 수 있다. 그러나 회사가 위치 정보를 수집하겠다고 했을 때 직원들이 거부하기란 쉽지 않다.

1인 GPS 시대

GPS의 역사-군사용에서 시작

1960년대 미국 국방부에서 군사용으로 처음 개발했다. 1983년 대한항공 여객기가 소련(러시아) 전투기에 격추당한 일이 있은 뒤, 당시 미국 대통령 로널드 레이건은 GPS를 잘 활용한다면 이러한 공격을 막을 수 있을 거라고 판단했다. 그래서 군사용으로 개발한 GPS가 모두에게 공개되었고, 널리 쓰이게 되었다.

GPS의 원리-위성 신호 4개는 필수

GPS 위성 안에는 세슘이라는 물질을 품은 정확한 원자 시계가 들어 있다. 위성과 지구의 거리가 멀어서 위성에서 보낸 정확한 시간과 지상의 수신기가 받는 시간에 차이가 생긴다. 이때 4개의 위성이 동시에 작동되면 오차를 줄일 수 있고, 지구에서는 정확한 위치를 알 수 있다. 깊은 터널이나 지하 차도를 지날 때 자동차 내비게이션이 순간적으로 작동하지 않는 것은 인공위성들의 GPS 전파를 받지 못해 현재 위치를 계산할 수 없기 때문이다.

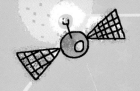

GPS의 구성-지구 위, 30개의 GPS 위성

지구 위에는 30개의 GPS 위성이 돌고 있다. 그중 24개의 위성이 지구를 관측할 수 있고, 나머지 6개의 위성은 24개의 위성에 문제가 생겼을 경우 비상용으로 사용된다. GPS의 수명은 약 8~10년 정도이다.

GPS의 종류 및 용도-다양한 GPS의 활용

차량용_ 목적지를 입력하면 길을 알려 준다.

스마트폰_ 지도 등 위치 정보가 필요한 애플리케이션에 쓰인다.

해상용_ 이정표가 없는 바다에서 배의 위치를 정확하게 파악해 항해한다.

항공용_ 패러글라이딩 등 각종 항공 운항에 활용한다.

측량용_ 뛰어난 정밀도로 정확히 측량한다.

위치 추적 꼼짝 마!

GPS 정보를 자유롭게 쓸 수 있는 요즘, 마음만 먹는다면 어떤 사람이 언제, 어디에 있는지 알 수 있다. 길을 알려 줘서 편리하지만 우리 생활을 들여다볼지 모르는 위험한 기술이기도 하다. 편리한 GPS를 사용하면서 감시로부터 나를 지키는 방법은 무엇일까? 편리한 GPS를 현명하게 사용할 수 있는 몇 가지 방법을 소개한다.

1. 웬만하면 꺼라

위치 추적을 막는 방법 중 가장 확실한 것은 GPS를 끄는 것이다. 스마트폰이나 컴퓨터에 애플리케이션이나 프로그램을 설치하면서 자신도 모르는 사이에 자신의 위치 정보를 알려 주고 있다. 보안 전문가들은 애플리케이션을 설치할 때에는 일단 GPS 기능을 끄고, GPS 기능은 정말 꼭 필요할 때에만 켜라고 말한다.

2. 촬영한 사진을 함부로 올리지 마라

GPS 기능이 든 스마트폰에서 사신을 찍으면 사진에 위치 정보가 포함될 수 있다. 사진을 찍을 때에는 GPS를 끄고 찍어야 한다. SNS

에 사진을 올릴 때 내가 표시하지 않더라도 사진을 분석해 위치 정보와 개인 정보를 알아내는 프로그램도 있다. 내 위치를 알리고 싶지 않다면 함부로 인터넷에 사진을 올리지 않는다.

3. 위치 추적 데이터를 지워라

스마트폰은 보통 GPS 기능이 들어 있다. GPS가 켜 있는 동안 스마트폰은 내가 가는 곳, 머무는 곳을 저장하고, 내가 찍은 사진에 내 위치를 기록한다. SNS 설정에 따라 내가 올리는 게시물에 내 위치를 표시하기도 한다. 스마트폰이 내 위치 정보를 기록하고 저장하는 것이 불편하다면, 스마트폰에 저장된 위치 정보 기록을 지울 수 있다.

GPS는 나침반인가, 족쇄인가?

GPS를 기반으로 한 내비게이션과 스마트폰의 길 찾기 애플리케이션은 낯선 길과 여행지에서 안내자 역할을 한다. 그러나 미래를 다룬 영화에서는 시시각각 감시하는 GPS 때문에 거대한 도시 안에서 독 안에 든 쥐처럼 꼼짝도 하지 못하는 사람들의 모습이 나오기도 한다. 편리한 기술 GPS를 어떻게 바라보고 발전시켜야 할지 함께 고민해 보자.

안전을 위해 필요해

GPS는 범죄자들의 위치를 파악해 시민들을 안전하게 보호해. 테러범의 위치를 알아내 시민들을 보호하는가 하면 납치된 택시의 위치를 파악해 택시 납치범도 잡았다고. 안전을 위해서는 위치 추적이 반드시 필요해.

모두가 범죄자는 아니야

반드시 필요하다고? 범인이 몇 시에 정확히 어디에 있는지 아는 것은 중요해. 범인의 위치를 추적하는 것도 괜찮고. 하지만 그건 진짜 범인에게만 해당되는 말이야. 모든 사람이 GPS로 식별되고, 그 기록이 저장되는 건 지나친 일이야. 누군가는 나쁜 일에 이용할 수도 있어.

하늘의 길잡이야

GPS는 길이 표시되어 있지 않은 하늘과 바다에서 길잡이 역할을 해 줘. 수많은 비행기들이 하늘을 날면서도 서로 부딪히지 않는 것은 GPS 덕이야.

정말 편리해

음, GPS 덕분에 길을 찾는다는 건 모두 동의하지? 사실 GPS 하면 길 찾기지. 낯선 곳에 가도 자신의 위치를 지도 위에서 바로 확인할 수 있고, 내비게이션으로 어디든 정확하게 찾아가니까. 산길을 갈 때도 유용해.

무서워

배나 자동차의 GPS를 해킹하기도 한대. 다른 사람의 배를 마음대로 조종할 수도 있다는 거야. 나쁜 마음을 먹은 사람이 내가 탄 배를 마구 조종한다면 너무 무서울 것 같아.

상황에 따라 써

GPS가 길을 찾아 준다는 건 누구나 알아. 하지만 주변 상황에 따라 GPS 신호를 잘 받지 못할 수도 있어. 무턱대고 GPS에 기대기보다는 상황에 따라 쓰는 게 좋아. 때로는 나뭇가지에 매달린 꼬리표가 더 도움이 돼.

4장

나쁜 짓은 더 잘 보여요

전격 인터뷰 CCTV에게 물어보았습니다

토론해 봅시다 나를 따라다니는 천 개의 눈

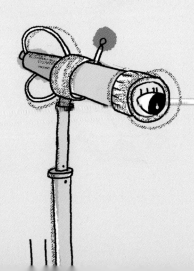

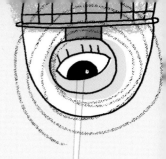

CCTV

Closed Circuit Television 영상을 찍어 지정된 곳에서만 볼 수 있도록 보내는 시스템.

CCTV는 범죄와 사고를 막기 위해 우리 주변 곳곳을 지킨다. 어두운 골목길처럼 범죄가 일어날 위험이 높은 곳에 감시용으로 설치하고, 돈이나 귀중품이 오가는 은행이나 가게에도 설치한다. 이렇게 곳곳에 설치된 CCTV는 목격자가 없어 해결하지 못할 뻔한 사건을 해결하고, 교통 신호를 어기거나 물건을 훔치는 등 법을 어기는 사람들을 잡아낸다. 그저 찍기만 하는 것은 아니다. 갑자기 사람이 쓰러지거나 싸움이 일어나는 것을 알아채기도 하고, 큰 소리나 비명 소리를 듣고 사고를 해결하는 데 도움을 주는 CCTV도 있다. 기술이 점점 발전해 범죄를 예방하고 사건을 해결하는 데 도움이 되기도 하지만 수많은 CCTV에 사생활을 침해받을 수 있다는 점은 해결해야 할 문제다.

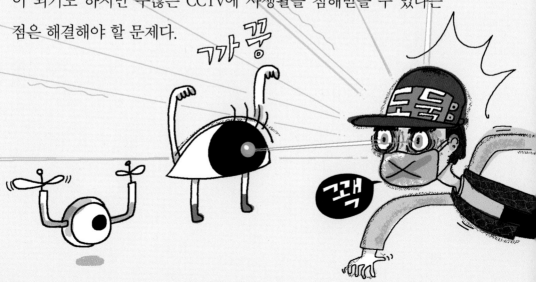

CCTV에 범인이 찍혔을 거야

"참치야, 형아 왔어. 어디 있니?"

"고양이 이름이 참치가 뭐니?"

누나가 딴죽을 쳤다. 동주는 누나 말에 아랑곳하지 않고 눈으로 연신 참치를 찾았다. 참치는 동주가 한 달 전부터 밥을 주는 길고양이다. 그런데 무슨 일인지 참치는 좀처럼 나타나지 않았다. 동주와 누나는 한참만에야 쓰레기 분리수거함 근처에서 참치를 발견했다.

"참치야! 왜 그래? 누가 이랬어?"

동주는 참치를 보자마자 울음을 터뜨렸다. 참치는 피를 흘리며 쓰러져 있었다. 눈도 뜨지 못했다. 동주는 참치를 안고 근처 동물 병원으로 달려갔다. 수의사는 참치가 누군가에게 맞은 것 같다고 했다. 참치의 상태는 심각했다. 당분간 병원에서 치료를 하며 지켜봐야 한다는 것이다.

"힘없는 동물을 이렇게 잔인하게 때리다니! 동주야, 누나랑 경찰에 신고하러 가자."

'나쁜 놈! 내가 꼭 잡을 거야!'

동주와 누나는 먼지 경찰서로 갔다. 참치를 때린 범인을 꼭 잡아 달라고 경찰에게 부탁했다.

"아파트 단지 내에서 일어난 일이니 아파트 CCTV를 살펴보면 범인이 찍혔을 거야."

"맞다! 나쁜 아저씨들이 은행 CCTV에 찍혀서 잡힌 거 뉴스에서 봤어요."

"그래. 은행뿐만 아니라 사람들이 많이 지나다니는 곳, 어두운 골목길이나 구석진 곳 외에도 우리가 다니는 곳곳에 CCTV 카메라가 설치되어 있단다. 게다가 24시간 작동하기 때문에 어디서 무슨 일이 일어나든 CCTV가 다 찍고 있다고 볼 수 있지."

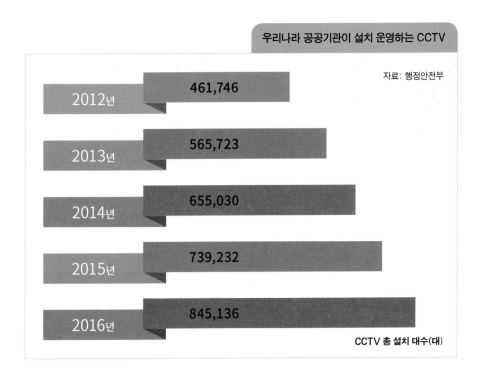

우리나라 공공기관이 설치 운영하는 CCTV

자료: 행정안전부

2012년	461,746
2013년	565,723
2014년	655,030
2015년	739,232
2016년	845,136

CCTV 총 설치 대수(대)

경찰은 아파트 CCTV를 확인
해 보겠다고 했다. 동주는 집으
로 돌아오는 길에 아파트 단지를 유
심히 둘러봤다. 평소에는 별로 신경을 쓰지 않았는
데 경찰 말대로 많은 곳에 CCTV 카메라가 설치되어 있었다. 360
도 돌아가며 찍는 CCTV 카메라도 있었다.

CCTV가 정말 많구나

동주는 주변에 CCTV가 얼마쯤 있는지 세어 보기로
했다.
"하나, 둘, 셋, 넷…… 사십……."
10분 남짓 걸어오면서 눈에 보이는 것만 대충 세어도
CCTV 카메라는 40개가 넘었다.
동주는 경비실을 지나치다 안을 들여다봤다. 경비
아저씨는 아파트 단지에 설치된 수십 개의 CCTV 영상
을 보고 있었다. 동주가 경비실을 바라보고 있는 모습두 보
였다. 자신의 모습이 이렇게 영상으로 나오는 걸 직접 보
니 오싹한 기분마저 들었다.

동주는 하루 동안 있었던 일을 엄마와 아빠에게 말했다.

"요즘은 CCTV 덕분에 밤길을 다녀도 안심이 되고, 웬만한 사건 들은 금방 해결이 돼서 좋아."

엄마가 말했다.

"사고를 방지하는 건 좋지만 요즘 CCTV가 너무 많아졌어. 사생 활을 침해한다고 불평하는 사람도 많아."

아빠의 말에 동주는 자신이 왜 이상한 기분이 들었는지 그제야 깨달았다. 누군가 자신을 계속 지켜보는 것 같아서였다. 하지만 참

점점 똑똑해지는 CCTV

지능형 CCTV

1. 동작 포착형: 무단 횡단, 교통사고, 싸움 등 동작 포착

2. 소음 포착형: 건물 무너지는 소리, 비명 소리 등 큰 소리 포착

3. 차량 번호판 포착, 추적형: 차량 번호판 포착해 추적

4. 드론형: 하늘을 비행하며 사고나 도로 상황 포착

지능형 영상 분석 시스템

CCTV 카메라로 찍고 있다가 특이한 일이 일어나면 알아챌 수 있는 기술이다. CCTV로 들어오는 영상을 분석해 특이한 일이 일어난 것을 스스로 판단할 수 있다는 점이 중요한 기술이다. 침입, 화재, 싸움 등 특이한 상황이 일어나면 영상 분석 시스템이 곧바로 관리자에게 알린다.

김순경!!
○○동 ×× 번지에서
이상한 소리가
났어요!

치를 때린 범인을 잡는 데 도움이 되니 꺼림칙한 기분은 잠시 접어 두기로 했다.

얼마 후, 동주는 참치를 때린 범인을 찾았다는 연락을 받고 경찰서로 뛰어갔다. 범인은 키가 175센티미터쯤 되어 보이는 30대 남자였다. 흰색 점퍼에 회색 운동복 바지를 입고 있었다. 슬리퍼를 신고, 아파트 근처 편의점 봉투를 들고 있는 것으로 봐서 아파트 주민일 가능성이 크다고 했다. 그런데 모자를 눌러 쓰고 마스크까지 쓰고 있어서 얼굴을 정확히 볼 수는 없었다.

범인을 찾을 방법이 있을 거야

"아저씨, 다른 방법은 없을까요?"

"CCTV 분석 시스템이라는 게 있단다. 키와 옷차림처럼 어떤 사람의 특성을 입력해 놓으면 CCTV가 그 사람을 발견했을 때 자동으로 추적해 주거든. 그리고 범인은 아파트에 주차되어 있는 자동차 블랙박스에도 찍혔을 거야. 주민들한테 도움을 받으면 좀 더 쉽게 범인을 찾을 수 있을 것 같구나."

"아저씨, 아파트 게시판에 제가 글 쓸게요. 참치를 위해 저도 도움이 되고 싶어요."

달리는 CCTV, 차량용 블랙박스

블랙박스는 원래 항공기용으로 개발된 것으로 항공기의 상태와 교신 내용을 기록한다. 비행기 사고가 났을 때 원인을 밝히는 데 결정적인 역할을 한다.

영상 사고 기록 장치라고도 불리는 차량용 블랙박스는 교통사고가 일어난 과정을 파악하는 데 필요한 정보를 준다. 자동차가 달리고 있을 때뿐 아니라 멈춰 있을 때도 영상을 기록한다.

동주는 엘리베이터 게시판에 글을 써 붙이고 가족들과 함께 아빠 차에 설치된 블랙박스 영상을 확인했다. 블랙박스 영상을 틀어 본 것은 처음이었다. 전화 통화를 하면서 지나가는 옆집 형, 개를 데리고 산책하는 할머니, 장바구니를 들고 지나가는 아주머니, 길에서 꽈당 넘어진 아저씨 등 많은 사람들이 찍혀 있었다.

"앗!"

블랙박스 영상을 보다 누나의 표정이 일그러졌다. 누나가 남자 친구와 함께 차에 타는 모습이 찍혔던 것이다.

"누나! 그날, 약속 있다고 하더니 남자 친구랑 데이트했구나?"

누나는 동주를 가자미눈으로 노려보다 동주 머리를 쥐어박았다.

"이거 엄연히 사생활 침해야! 뭐 이런 것까지 찍혀? 기분 나빠!"

누나는 지금껏 부모님에게 남자 친구가 없다고 시치미를 떼고 있었던 터였다.

블랙박스 영상에는 지나가는 사람들이 찍힌 것은 물론 차 안에 타고 있는 동주와 가족들이 서로 이야기를 나눈 것까지 고스란히 담겨 있었다.

곤란해진 것은 누나만이 아니었다. 아빠가 없을 때 엄마가 친구와 통화하면서 아빠 흉을 보는 내용이 들려왔다. 아빠는 헛기침을

하며 엄마가 흉보는 부분을 반복해서 틀었다. 엄마는 아빠 눈치를 보며 슬며시 자리를 떴다. 결국 블랙박스 영상은 동주와 아빠만 남아서 끝까지 확인해야 했다.

슬슬 지루해질 무렵이었다.

"어? 잠깐만 아빠! 저기 저 사람 같아요!"

영상 속에 흰색 점퍼를 입은 남자가 지나갔다. CCTV 영상보다는 범인의 얼굴이 좀 더 자세히 찍혔다. 동주네 차 앞을 지나갈 때 남자는 마스크를 벗고 있었다. 동주는 주먹을 불끈 쥐었다.

"이 동물학대범! 다 찍혔어!"

증거 있습니다!

다음 날, 동주는 블랙박스 영상이 담긴 메모리 카드를 들고 경찰서로 향했다. 경찰은 아파트 주민들에게서 블랙박스 영상을 많이 받았다고 했다.

'다른 사람들 블랙박스 영상에는 어떤 게 찍혔을까? 나도 찍혔겠지? 우리 아빠도, 엄마도, 누나도 찍혀 있겠지?'

동주는 범인을 잡을 수 있을 거라는 기대감이 앞섰지만 마음 한편이 불편했다.

그런데 이때 CCTV 앞에 앉아 있던 경찰이 소리쳤다.

"범인 포착! 출동하시죠!"

CCTV 분석 시스템에 범인의 특징을 입력한 지 얼마 되지 않아 CCTV에 잡힌 것이다. 경찰과 동주는 범인의 움직임을 CCTV를 통해 실시간으로 확인하며 이동했다. 범인은 CCTV가 알려 준 그 자리에 있었다. 매서운 눈으로 어떤 고양이를 지켜보고 있었다.

"당신을 동물보호법 위반 혐의로 체포합니다."

"쳇! 내가? 증거 있어? 나 고양이 좋아해!"

범인은 당당했다.

"아저씨가 우리 참치 때린 CCTV 영상, 자동차 블랙박스 영상 다 있어요!"

동주는 기가 막혀서 소리를 질렀다.

"그깟 고양이 좀 때렸다고 나를 잡아가? 어디 마음대로 해 봐!"

범인은 자기가 저지른 일을 실토하고도 끝까지 잘못을 반성하지 않았다. 이를 지켜보는 사람들은 혀를 끌끌 찼다.

전봇대 위에 설치된 CCTV 카메라가 이 모든 것을 찍고 있었다.

CCTV에게 직접 물어보았습니다

우리 주변에는 수많은 CCTV들이 있지만 사실 일상생활에서는 이들의 존재조차 잊고 지낼 때가 많지요. 가는 곳마다 우리를 지켜보고 있는 CCTV들을 직접 만나 보았습니다.

CCTV, 당신은 무엇인가요?

저도 텔레비전이에요. 모두가 볼 수 있는 텔레비전은 아니에요. 아파트 경비용 CCTV는 경비실에서만 볼 수 있는 것처럼요. 연결해 놓은 곳에서만 볼 수 있는 텔레비전이라는 뜻으로 '폐쇄회로 텔레비전'이라고도 부르지요.

당신은 어떤 일을 하나요?

저는 사람이 지켜보기 힘든 곳을 촬영해요. 제2차 세계대전 중인 1942년에 독일에서 처음 태어났어요. 미사일 발사대 주변에 설치되어 사람이 직접 지켜볼 수 없는 곳을 보라는 임무를 받았지요. 그 후로 저는 미국으로 건너갔어요. 1968년에는 뉴욕 경찰이 범죄를 감시하려고 도로 곳곳에 저를 설치했어요. 저는 범죄가 자주 일어나는 곳이나 24시간 지켜봐야 하는 곳을 지켜요.
교통을 관리하고, 아픈 환자를 지켜보고, 화재를 감시
하는 등 여러 곳에서 사람들을 돕고 있지요.

앞으로 어떤 일을 하고 싶나요?

저는 지금까지 제 자신을 끊임없이 발전시켜 왔습니다. 이제 단순
히 영상을 찍는 것에 그치지 않고 자동차 번호판이나 사람 얼굴을
알아볼 수도 있어요. 평소에 나지 않는 소리가 들리면 사람들에게
알려 주기도 해요. 사람이 쓰러지거나 건물이 무너지는 것도 알 수
있지요. 앞으로는 CCTV 분석 시스템에 의심이 되는 사람의 차림
새를 등록해서 추적하고, 경찰을 도와 범인을 빠르고 쉽게 잡을 수
있을 거예요.

사생활 침해 논란에 대해서 어떻게 생각하시나요?

저는 여러분들이 위험에 빠지는 것을 막기 위해서 쉬지 않고 일해
요. 범죄가 일어나면 범인도 잡게 도와주고요. 당연히 여러분을 감
시하고 있다는 뜻이죠. 저는 365일 24시간 여러분을 감시하고 있
어요. 앞으로 저는 더 많은 곳에 설치될 거예요. 하지만 저를 제대
로 관리할 준비는 잘되지 않는 것 같아요. 제가 묻고 싶네요. "여러
분은 저를 어떻게 이용하실 건가요?"

나를 따라다니는 천 개의 눈

큰 건물과 큰길 옆에나 설치되던 CCTV는 이제는 가는 곳마다 있다고 해도 될 만큼 많아졌다. 그러나 CCTV가 오히려 우리 안전을 위협한다고 주장하는 사람들도 있다. 이들은 어떤 문제 때문에 CCTV의 안전성을 걱정하는 것인지 생각을 나누어 보자.

범인을 잡는 데 도움이 돼

CCTV는 범죄가 일어났을 때 범인을 잡는 데 큰 역할을 하고 있어. 게다가 CCTV 성능이 점점 좋아지면서 범죄를 예방하는 효과까지 거두고 있지. 뿐만 아니라 장애인이나 노인이 인적이 드문 곳에서 다치거나 쓰러졌을 때 이를 바로 알 수 있기 때문에 더 큰 사고로 이어지는 것도 막을 수 있어.

사고를 막아 줘

그뿐만이 아니야. 자연재해 감지 기능이 있는 CCTV는 홍수나 지진이 일어날 것을 미리 알고 주민들에게 긴급 대피 경보를 내려. 그리고 물놀이를 하는 사람들이 안전선을 넘으면 자동 경보를 울려서 사고를 방지할 수도 있지.

감시만 하려고 한다면?

그런 장점들 때문에 공공기관에서 CCTV를 설치하고 관리하는 게 아닐까? 개인의 자유를 제한하더라도 사고를 막고 사회 질서를 유지하는 등 이익이 크다고 판단해서 사람들이 받아들였던 거지. 하지만 등록, 허가 의무 없이 자유롭게 설치해 운영하는 CCTV도 크게 늘어나고 있어. 크고 작은 회사들이 화재와 도난 방지 목적으로 CCTV를 설치하곤 해. 그런데 이 CCTV를 직원의 근무 태도를 감시하는 용도로 사용해서 사생활을 침해한다는 논란도 있어.

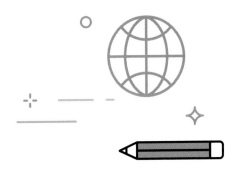

관리를 잘해야 해

맞아. 게다가 개인이 설치한 CCTV는 통일된 보안 기준이 없어. 또 인터넷으로 접속하는 제품들은 해킹에 약하지. 내가 보려고 설치한 CCTV를 다른 사람들이 볼 수도 있는 거야. 사생활 침해 요소가 있으니까 CCTV를 설치하면 안 된다고 말하는 건 아니야. 개인들도 CCTV를 안전하게 잘 관리해야 한다는 거지. 그리고 공공기관에서 설치하는 CCTV라 하더라도 사생활 침해가 우려되는 곳이라면 설치하기 전에 먼저 의논하는 게 좋다고 생각해.

5장

하늘에도 눈이 있어요

생각 키우기 **드론의 눈을 가려야 할 순간**
토론해 봅시다 **감시가 아닌 보호를 원해요**

드론

Dron 무선 전파로 먼 거리에서 조종하는 무인 비행기.

처음에는 군사용으로 개발되었다. 사람이 타지 않고도 자유롭게 비행할 수 있어 위험한 재난 현장을 조사하고 실종자를 수색하거나 산불이나 해수욕장 안전사고를 예방하는 등 안전을 지키는 데 유용하게 쓰인다. 교통이 불편한 곳에 물건을 배달하고, 사람 대신 농약을 뿌리고, 구급대원이 가기 힘든 곳에 쓰러진 사람을 구출하는 등 다양한 분야에서 드론의 쓰임새를 연구하고, 실제로 쓰는 데 성공하고 있다. 최근에는 드론이 흔히 쓰이고, 취미로 드론을 날리는 사람도 많아지면서 사고도 많아졌다. 날리는 중에 떨어지는 사고가 일어나거나 혹시 드론을 이용해 테러를 할까 봐 걱정하는 목소리가 높다. 특히 촬영용 드론이 많아지면서 사생활이 침해될 위험도 함께 높아졌다. 그래서 세계 여러 나라는 드론을 편리하고 자유롭게 이용하면서도 안전을 지킬 수 있을지에 대해 많이 고민하고 있다.

할머니, 어디 계세요?

"며늘아기야, 내가 밥을 먹었냐?"

"네, 어머님. 방금 드셨어요."

동주 할머니는 하루에도 몇 번이나 같은 질문을 한다. 할머니는 얼마 전에 치매 초기 진단을 받았다. 매일 산에 오를 정도로 건강했던 할머니였기 때문에 가족들의 충격은 컸다. 할머니는 의사 말대로 가족들과 함께 이야기를 많이 나누고, 규칙적으로 산책을 했다. 덕분에 할머니의 치매 진행 속도는 느린 편이었다. 깜빡하시기는 해도 가족들을 잘 알아본다.

생명을 구하는 인명 구조 드론

드론은 사람이 가기 힘든 곳을 비행하며 사람이 직접 가는 것보다 넓은 곳을 볼 수 있어 경찰, 119 구조대 등에서 수색, 순찰에 쓴다. 이런 장점을 가진 드론에 고성능 카메라와 사람의 열기를 탐지할 수 있는 적외선 카메라를 달면 캄캄한 밤에도 실종자를 찾는 데 큰 도움이 된다. 또한 여기에 자율주행 기능과 영상 분석 시스템을 더하면 드론이 스스로 실종자를 찾아낼 수도 있다.

"동주야, 빨리 아파트 노인정 가서 할머니 계신지 봐!"

어느 날, 동주가 학교에서 돌아오니 엄마 얼굴이 파랗게 질려 있었다. 산책 나간 할머니가 연락이 안 된다는 것이었다. 이럴

때를 대비해 할머니에게 GPS가 달린 스마트워치를 사 드렸지만 스마트워치는 할머니 방에 그대로 놓여 있었다. 할머니는 노인정에도 없었다. 할머니 소식을 듣고 동주 아빠와 누나, 고모가 차례로 집으로 들어왔다.

얼마 지나지 않아, 동주 엄마의 신고를 받은 경찰이 집으로 찾아왔다.

"할머니께서 자주 가시던 곳이 있나요?"

"요즘은 노인정에 가시거나 동네 산책밖에 안 하셨어요."

경찰은 전용 스마트패드로 근처 CCTV 영상을 바로 확인했다. 할머니가 집에서 나가는 것부터 거쳐 간 곳 모두가 영상에 담겨 있었다. 아파트 밖으로 나간 할머니는 잠시 길을 잃은 듯 한자리를 맴돌다가 버스를 탔다. 할머니가 탄 버스 번호를 보고 동주와 엄마가 동시에 소리쳤다.

"청계산!"

할머니가 치매를 앓기 전에 자주 다니던 산이었다. 경찰은 곧바로 본부에 연락해 지원 요청을 했다.

"청계산에 드론 수색대 지원 바랍니다. 치매를 앓고 있는 70세 여성, 회색 코트에 밤색 모자, 보라색 치마 착용."

"곧 어두워질 텐데 드론 몇 대로 사람을 찾을 수 있겠어요?"

아빠는 드론으로 사람을 찾는다는 사실이 미덥지 않았다.

드론을 조종하고 싶어요

12kg 이하의 작은 드론을 취미로 조종하는 개인 사용자라면 특별한 자격증을 따지 않아도 된다. 단 12kg 초과 150kg 이하의 드론을 조종하기 위해서는 국토교통부의 '무인비행장치 조종자 자격증명제'에 따라 자격증을 따야 한다. 14세 이상부터 시험을 볼 수 있고, 항공법규, 항공기상, 비행이론 지식에 관한 학과 시험을 치러야 한다. 학과 시험에 통과하면 해당 비행 장치를 20시간 이상 비행했다는 경력을 증명한 후 실기 시험을 치를 수 있다.

"밤에도 조난자를 찾을 수 있는 적외선 열화상 카메라가 달린 드론이 따로 있을 거야. 맞죠?"

고모가 아빠를 안심시키며 경찰을 쳐다보았다.

"네. 맞아요. 밤이나 넓은 장소에서 사람을 찾아야 할 경우에는 사람보다 드론이 훨씬 효율적이에요. 하지만 수색 지역이 산이어서 어두워지기 전에 찾아야 합니다. 지역 경찰도 함께 출동할 겁니다. 꼭 찾아 드리겠습니다."

"저희가 관제 센터로 가서 드론 촬영 영상을 함께 봐도 될까요? 엄마는 아무래도 저랑 오빠가 잘 알아볼 테니까 빨리 발견할 수 있을 거예요."

"네? 아, 그렇게 하시죠."

경찰은 동주 고모가 드론에 대해 많이 아는 것에 조금 당황한 듯했다.

우리 할머니 저기 있어요!

동주와 동주 아빠, 고모는 경찰과 함께 경찰서로 향했다.

중앙 관제 센터에 들어선 동주는 눈이 휘둥그레졌다. 한쪽 벽을 가득 채운 큰 모니터에 화면 수십 개가 떠 있었다. 화면에서 조금 떨어진 곳에서 드론 수색대원 다섯 명이 조종기로 드론을 움직이고 있었다. 언뜻 보면 게임기와 비슷해 보였다. 동주에게는 그야말로 신세계였다.

드론이 촬영한 영상을 곧바로 모니터로 볼 수 있었고, 심지어 굉장히 선명했다. 다정하게 손을 잡고 등산을 하고 있는 연인, 몰래 쓰레기를 버리는 사람, 산에서 나물을 캐는 사람 등 사람들의 행동

하나하나가 드론에 찍혔다.

"하늘에서 모든 것을 내려다보는 느낌이에요."

"산에다 쓰레기를 버리거나 나물을 캐면 안 돼. 이 영상을 증거로 저 사람들을 처벌할 수 있지."

경찰의 말에 동주는 깜짝 놀랐다. 엄마가 자주 하던 말이 떠올라서였다.

'언제 어디서든 나쁜 짓을 하면 엄마가 금방 알 수 있어!'

동주는 엄마가 조종하는 드론이 자신을 쫓아다닐지도 모른다는 생각이 들었다. 불안한 생각도 잠시 고모가 다급하게 소리쳤다.

"잠깐! 저기, 약수터 근처를 확대해 주세요."

고모의 요청대로 약수터 인근을 수색 중인 드론 한 대가 재빨리 고도를 낮췄다. 우거진 숲 속에서 이리저리 장애물을 피하며 날았다. 동주는 모니터를 보고 있자니 놀이기구라도 타고 있는 기분이 들었다.

"어! 우리 할머니다!"

너무나 뚜렷하게 할머니의 모습이 보였다.

"실종자 맞습니까?"

화려한 드론 조종 실력을 선보였던 드론 수색대원이 동주 아빠
와 고모에게 물었다.

"네. 맞아요."

수색대원은 곧바로 드론을 통해 약수터 인근 등산객들에게 안내
방송을 내보냈다.

"드론 수색대입니다. 약수터에 있는 회색 코트에 밤색 모자를 쓴 70대 여성 보호 바랍니다. 곧 경찰이 도착할 겁니다."

동주는 드론으로 방송도 할 수 있다는 사실에 깜짝 놀랐다. 방송을 들은 등산객들은 금방 할머니를 찾았고, 할머니에게 다가가 말을 걸었다. 다행히 할머니는 다친 곳도 없고, 놀란 기색도 아니었다. 이 모든 장면을 모니터를 통해 바로 볼 수 있었다.

고모는 그제야 긴장이 풀렸는지 털썩 주저앉았다. 동주 아빠는 안도의 한숨을 내쉬었다. 함께 상황을 지켜보던 경찰이 동주네 가족에게 말했다.

"댁으로 가서 기다리시죠. 저도 지구대에 들러야 하니 가는 길에 모셔다 드리겠습니다."

동주는 경찰이 고모 때문에 더 친절한 것 같다는 생각을 하며 피식 웃었다.

하늘을 한번 쳐다봐

동주는 집에 가기 전에 관제 센터를 둘러보았다. 모니터에는 드론으로 촬영한 화면들이 여전히 생중계되고 있었다. 고모도 모니터를 유심히 바라보고 있었다.

"평소에 하늘을 올려다볼 일이 별로 없어서 몰랐겠지만, 우리 머리 위로 생각보다 많은 드론이 날아다니고 있어. 우리를 내려다보고 있는 거지."

"고모, 드론이 장난감처럼 재미있기만 한 줄 알았는데 조금 무섭기도 해요."

고모는 동주의 말에 고개를 끄덕였다.

경찰차에 올라타자 경찰은 기다렸다는 듯 고모에게 말을 걸었다.

"드론에 대해서 잘 아시는 것 같은데 드론 관련한 일을 하시나요?"

"저는 여행 작가예요. 처음에는 여행지 풍경을 촬영하려고 드론 조종을 배웠어요. 하다 보니 재미가 붙어서 드론 레이싱 대회도 나가고 드론 조종사 자격증도 따게 됐고요."

경찰은 고모와 공통 관심사를 발견해서 신이 났는지 말이 많아졌다.

"저도 드론 훈련을 받고 있어요. 드론 기술이 나날이 발전하고 있어서 경찰도 드론을 다양한 업무에 활용하고 있거든요. 실종자 수색뿐만 아니라 재난 지역에 긴급 구호품을 운송하기도 하죠. 사람이 접근하기 힘든 지역을 순찰하기도 하고요."

"그런데 저는 드론의 사용을 엄격히 제한할 필요가 있다고 생각해요."

고모의 뜻밖의 말

셀피 드론

공중에 띄워 쉽게 비행할 수 있는 드론을 이용해 스스로 '셀피'를 찍는 사람들이 늘고 있다. 드론에 카메라를 단다면 하늘에서 내려다본 풍경을 넓게 찍을 수 있다는 장점이 있다. 카메라를 단 셀피 드론은 특히 홀로 떠난 여행지에서 장점을 드러낸다. 스마트폰으로 자신을 찍으려면 찍을 수 있는 구도가 한정적이지만 셀피 드론은 내가 원하는 구도에서, 아름다운 풍경과 나를 함께 촬영할 수 있다. 날개와 다리를 접을 수 있거나 스마트폰 케이스에 들이길 정노로 삭게 만드는 등 편리한 기능을 단 셀피 드론이 계속 나오고 있다.

에 경찰은 당황하는 눈치였다.

"드론 덕분에 어머니를 찾게 돼서 다행이지만, 드론의 특성상 개인의 사생활을 침해할 요소가 많아요. 누가 조종하는지 눈에 잘 띄지도 않아서 몰래 촬영할 수 있잖아요. 고정되어 있는 CCTV와 달리 어떤 사람이 이동하는 내내 따라다니며 찍을 수 있죠. 주로 범죄자를 잡는 데 쓰이는 방법이지만 만약 추적한 사람이 범죄자가 아니라면요?"

"아! 그런 문제가 항상 논란이 되고 있죠. 그래서 선진국에서는 기본권 침해를 막기 위한 드론 활용 법안이 따로 마련되어 있어요. 우리나라도 드론 조종이나 사생활 보호에 관련한 법이 있지만 아직 좀 더 가다듬어야 할 부분이 많아요."

드론으로 한바탕 열띤 토론을 벌이느라 경찰은 동주네 집을 지나칠 뻔했다. 동주네 집 앞에 차를 세우자 또 다른 경찰차 한 대가 따라와 섰다. 동주네 할머니가 도착한 것이다. 동주는 달려가 할머니에게 안겼다.

"할머니!"

"우리 강아지, 할미가 잠깐 정신을 놓쳤어."

"할머니, 돌아오셔서 정말 다행이에요."

동주는 할머니 가슴에 얼굴을 파묻었다. 고모와 아빠는 할머니를 꼭 안았다.

지킬 건 지키는 드론 조종사

사회 곳곳 여러 분야에서 드론을 활발하게 이용하고, 취미로 드론을 날리는 사람이 많아지면서 안전에 대한 걱정이 더 많아졌다. 안전하고 재미있게, 그리고 남에게 피해를 주지 않으면서 편리한 드론을 이용하는 방법을 알아보자.

눈에 잘 띄는 모양과 색으로 디자인한다.

사용법을 완벽하게 익힌 후 비행한다.

운항 허가를 받았다고 해도 사람들이 사는 지역과 건물 근처를 비행하는 것은 피한다.

드론을 눈으로 확인할 수 있는 곳에서 비행한다.

밤에는 비행하지 않는다.

되도록 사람이 많은 곳에서는 비행을 하지 않는다.

음주 비행을 하지 않는다.

위험한 물건을 싣고 비행하지 않는다.

"내가 여러 사람 고생시켰구나. 경찰 양반 고마워요."

할머니는 고모 뒤에 서 있는 경찰에게 인사했다.

"그런데 비행기를 띄워서 나를 찾았다는데 비행기 안에서 내가 보였어? 조종사가 눈도 좋네."

할머니 말에 그 자리에 있던 사람들이 한바탕 웃음을 터뜨렸다.

드론의 눈을 가려야 할 순간

다음 두 가지 이야기를 통해 드론을 잘못 사용하면 다른 사람에게 어떤 피해를 입히는지 생각해 보자. 또 그로 인해 발생할 수 있는 사회 문제에 대해서도 이야기해 보자.

이야기 하나. 우리 집 마당에 들어오지 마!

미국 켄터키 주에 사는 윌리엄 메리데스는 두 딸과 집 앞마당에서 쉬고 있었다. 그런데 그때 카메라를 단 드론 한 대가 날아와 집 위에 계속 머물렀다. 그는 드론이 자기 가족을 훔쳐보고 있다고 생각해서 총을 쏴 드론을 떨어뜨렸다. 잠시 후, 드론 주인이 와서 자신은 드론 운행 규정을 지켰고 이웃집 사진을 찍었을 뿐이라며 드론 값을 물어내라고 항의했다. 윌리엄은 자기 사생활이 침해당했다며 집에 들어오면 총을 쏘겠다고 엄포를 놓았다. 드론 주인은 경찰에 신고했고, 윌리엄은 드론을 망가뜨리고 드론 주인을 협박한 일로 재판을 받게 되었다.

윌리엄의 행동은 사생활을 지키기 위한 정당한 권리였을까? 만약 사생활을 침해당했다면 다른 사람의 물건을 망가뜨려도 되는 걸까?

이야기 둘. 우리 축구팀 전술을 염탐하려고?

2014년 브라질 축구 월드컵에서 일어난 일이다. 프랑스 축구 대표 팀이 비공개로 훈련을 할 때 훈련장 위 하늘에 드론이 나타났다. 프랑스 팀은 경기 전략이 드러날까 봐 긴장했고, 연습을 마치지 못한 채 그만두어야 했다. 프랑스 팀 감독은 상대팀이 프랑스의 전술을 훔쳐보려고 드론을 띄운 것이라고 주장했다. 프랑스 팀은 개인 정보와 사생활이 침해되는 것을 원하지 않는다고도 강조했다. 갑자기 드론이 나타나는 바람에 연습도 마치지 못한 프랑스 팀은 전술이 새어나갔을까 봐 걱정하며 경기를 해야 했다.

이 사건은 도둑 촬영으로 인한 선수 개개인의 사생활과 한 단체의 권리를 침해하는 문제로 끝나지 않을 수도 있었다. 자칫 두 국가의 다툼으로까지 번졌다면 어땠을까? 드론으로 인한 단순한 소동이 예측할 수 없는 결과를 만들 수도 있다는 사실을 다시 생각해 보자.

감시가 아닌 보호를 원해요

누군가를 24시간 감시하고 추적할 수 있는 드론의 특성을 이용하면 범죄자를 잡거나 귀갓길 여성을 보호할 수 있다. 하지만 이러한 기능은 역으로 사생활이 얼마나 침해당하기 쉬운지 생각하게 만든다. 보호받으니까 감시는 어쩔 수 없을까? 드론을 안전한 방패막이로 활용할 수는 없을지 함께 생각해 보자.

드론 카메라는 쓸모가 있어

드론의 핵심 기술은 GPS야. 정확한 위치를 파악할 수 있어서 무인 배송이나 범인 추적, 검거 같은 일도 할 수 있지. 여기에 정확성을 높이기 위해 카메라를 달았던 거야. 드론에 달린 카메라는 물체를 피해서 날거나 앞서 비행하는 드론과의 거리를 조절하는 역할을 해. 이렇게 드론에 단 카메라는 드론이 뛰어난 임무를 수행할 수 있게 한 일등 공신이야.

드론으로 사람도 구할 수 있어

카메라를 단 드론을 잘 활용하면 수십 명이 해야 할 일을 빠른 시간에 할 수도 있어. 드론으로 찍은 영상을 GPS 정보와 함께 곧바로 보내기 때문에 산불 수색이나 재난 지역 조사, 실종자 수색 등에 유용히게 쓰이잖이. 2014년 축구 월드컵에서는 잘못된 판정을 줄이려고 카메라와 센서를 단 드론을 쓰기도 했다.

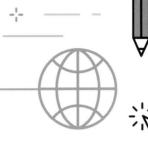

쓰는 사람에게 달렸어

누군가를 몰래 촬영하려고 드론을 만든 건 아니잖아. 문제는 사용하는 사람들이 나쁜 일에 쓴다는 거지. CCTV 카메라에는 법에 따라 녹화 중이라는 사실을 표시해 사람들이 알 수 있도록 하고 있어. 드론을 날릴 때도 다른 사람의 권리를 침해하지 않도록 하고 있지만 날아다니는 드론을 일일이 감시할 수는 없어. 드론 조종자가 스스로 지켜야 할 일이지.

나쁜 일에 쓰지 않았으면

촬영만이 문제는 아니야. 옥상에서 일광욕을 하던 여성이 자신을 찍고 있는 드론에 빗자루를 던지는 모습이 담긴 영상을 인터넷에서 본 적이 있어. 이건 정말 심각한 문제라고 생각해. 드론으로 촬영한 다른 사람의 영상을 함부로 퍼뜨리는 것은 명백한 불법 행위야. 다른 사람의 모습을 함부로 퍼뜨리면 엄하게 벌을 줘야 해. 하지만 벌을 줘서 드론을 악용하는 사람들을 줄여 나가기보다는 개개인이 먼저 성숙한 시민의식을 발휘하면 좋겠어.

6장

우리 집 해킹하지 마!   🔍

페이스북 페이지 IoT 신제품 소개

토론해 봅시다 집 안을 파고드는 무서운 감시

스마트 홈과 IoT

Internet of Things 사물을 인터넷으로 연결해 사용하는 것.

사물 인터넷 IoT는 사물에 인터넷을 연결해 멀리서도 제어할 수 있는 시스템을 말한다. 특히 스마트 홈은 집 안에 있는 가전제품들을 인터넷으로 연결해 사용하는 시스템이다. TV와 에어컨, 냉장고, 수도, 전기, 냉난방, 현관 잠금장치, 감시 카메라 등 갖가지 사물을 인터넷으로 연결해 집 밖에서도 조종하고 제어할 수 있다. 또한 사물에 단 센서를 통해 수집된 정보를 통해 이용자들의 습관을 분석하고, 이용자에게 맞춰 작동할 수 있다. 문제는 인터넷에 연결한 시스템의 특성상 해킹의 위험이 높다는 것이다. 집 밖에 있는 내가 편리하게 스마트 홈을 제어하듯이 해커도 우리 집의 스마트 홈에 접근할 수 있다.

집이 살아 있어요

동주 엄마는 아침부터 저녁까지 누군가와 끊임없이 이야기를 한
다.

"커튼 걷고 창문 좀 열어 줘."

"저녁 일곱 시에 먹을 수 있게 밥솥 취사 버튼 눌러 줘."

"실내 온도 이십 도!"

동주 엄마의 목소리를 알아들은 가전제품이 명령에 따라 작동
했다. 동주네 가족은 보름 전, 이곳 스마트 홈 단지로 이사를 왔다.
이름처럼 스마트 홈 시스템이 갖춰진 아파트가 모여 있는 곳이다.
집 안에서는 음성 인식으로, 집 밖에서는 스마트폰에 설치된 애플
리케이션을 통해 집안일을 할 수 있다. 편리한 점은 한두 가지가
아니었다.

오늘 아침, 동주 아빠는 연이은 야근 탓에 늦잠을 잤다.

"큰일 났어요. 오늘 일찍 회의도 있는데 지각하겠어."

"출근 준비 빨리 해요. 엘리베이터 호출해 놓을게요."

엄마는 엘리베이터를 예약 호출했다. 이 기능은 필요한 시간에
엘리베이터를 탈 수 있게 미리 호출하는 기능으로 엘리베이터를
기다릴 필요가 없다. 엘리베이터를 타고 아빠가 주차장에 도착하
자 스마트폰에 주차 위치 알림이 떴다. 이제 넓은 주차장에서 차를

찾느라 시간을 낭비하지 않아도 되는 것이다. 덕분에 아빠는 지각을 하지 않았다.

스마트 홈 덕분에 가장 편해진 건 누구보다 엄마다. 엄마가 식사 준비를 하려고 냉장고 앞에 섰다.

"오늘은 뭘 해 먹지?"

냉장고 센서가 엄마의 음성을 인식하고 작동하기 시작한다.

냉장실 보관 식재료
콩나물, 부추, 표고버섯, 파프리카,
두부, 달걀

냉동실 보관 식재료
굴비, 대패 삼겹살, 굴비

☞ 추천 메뉴
간장 콩나물 불고기

냉장고 화면에는 냉장고에 보관되어 있는 식재료가 표시된다. 그리고 남은 식재료의 유통기한과 가족들의 입맛, 건강 상태를 고

려해 메뉴를 추천해 준다. 이사 온 후 엄마는 전보다 한결 여유가 생겼다. 회사일 하랴, 집안 일 하랴 바빴던 엄마는 하루에도 수십 번 이사 오 길 잘했다고 좋아했다.

하지만 기특하기만 했던 스마트 홈을 다시 생각하게 된 것은 얼마 지나지 않아서였다.

당신이 한 일을 알고 있어요

"△△병원입니다. 김점순 할머니 보호자 맞으시죠? 할머니께서 약을 안 드셔서 연락드렸어요."

"어머님이 지금 저희 시누 이랑 지내고 계신데 확인해 볼게요. 그런데 약을 안 드신 건 어떻게 아셨어요?"

"지난주에 처방한 약을 센 서가 부착된 '스마트 약병'에 담아 드렸어요. 스마트 약병이

전자 코 기술

전자 장치를 이용해 냄새의 성분을 수집하고 분석해 냄새의 종류, 농도, 특징을 식별하는 기술이다. 미국 항공우주국은 승무원들의 건강을 위해 우주선 실내 공기 중 해로운 물질을 감지할 수 있는 '전자 코'를 사용하고 있다. 최근에는 사람이 숨을 쉴 때 나오는 냄새를 분석해서 병을 알 수 있다는 연구 결과도 나와서 주목을 받았다.

약 먹을 시간을 알려 주고, 약을 오래 드시지 않으면 병원으로 연락이 오게 되어 있어요."

병원에서 연락을 받은 뒤 동주 엄마는 동주 고모에게 전화를 걸었다. 고모는 점심때 할머니와 잠시 외출하느라 약병을 두고 가서 약 먹을 시간을 놓쳤다고 말했다.

동주 엄마는 전화를 끊고 나서 잠시 혼란스러웠다. 그동안 편하다고 좋아하기만 했던 이 집이 다시 보였다. 약병에서 약을 꺼내 먹기만 해도 그 사실을 누가 알게 된다는 것 때문인지 마음이 편치 않았다.

동주 엄마는 퇴근 후, 아빠에게 오늘 있었던 일에 대해 이야기를 했다.

"우리가 무심코 이용하는 기기들이 편리한 건 우리를 잘 알고 있어서예요. 스마트 홈은 사물 인터넷 기술을 통해 우리 가족의 위치 정보나 잠을 자고 외출하고 밥을 먹는 것 같은 생활 습관을 모두 수집하거든. 그 정보를 가지고 우리한테 딱 맞게 알아서 작동하는 거예요."

"편리하게 생활하는 것에 대한 대가가 우리 사생활을 기계와 공

약을 드시지 않아썼습니다.

유하는 거라니 참 쓸쓸해요."

"물건을 사서 쓰는 것만으로도 사생활 침해를 당하는 거지. 우리 스마트 냉장고 말이에요. 이 냉장고는 우리 가족이 자주 먹는 식재료에 대해서 알고 있잖아요. 그 자료만으로 우리 가족 건강이 어떤지 병에 걸리지 않을지까지 예상할 수 있어요. 이런 정보들이 우리 모르게 보험회사로 넘겨지기도 한대요."

동주 엄마는 이제 스마트 홈이 무조건 좋지만은 않았다. 그렇다고 누군가로부터 가족의 사생활이 침해당하고 있다는 것을 안 것도 아니고, 피해를 입은 것도 아니었다. 단지 기계 너머로, 인터넷 어딘가에 가족들에 관한 정보가 저장되어 있을 거라는 불안감이 생겼을 뿐이었다.

하지만 엄마와 달리 동주는 마냥 신이 났다. 말만 하면 뚝딱 이루어지는 똑똑한 집을 파헤쳐 보고 싶은 생각뿐이었다. 동주는 스마트폰에 설치된 스마트 홈 제어 애플리케이션으로 자기 방 불을 껐다 켰다 반복했다. 동주의 호기심은 여기서 그치지 않았다.

"야! 김동주! 너 장난치지 마!"

누나가 동주 방의 문을 벌컥 열며 짜증 섞인 목소리로 말했다. 동주가 누나의 방의 불을 가지고 장난친 것이다. 결국 엄마가 출동하고 동주는 엄마에게 스마트폰을 뺏겼다.

"그냥 한 번 장난친 건데……. 다시는 안 그럴게요!"

동주는 엄마에게 불쌍한 표정을 지어 보였지만 소용없었다.

다음 날 새벽, 동주 누나가 이불을 둘러쓰고 나와 엄마를 불렀다.

"엄마, 너무 추워요. 동주가 장난치다가 보일러를 꺼뜨린 것 같은데 다시 켜지지 않아요. 음성 인식도 안 되고 스마트폰으로도 안 되는데요."

"그럴 리가 없는데 이상하다. 동주 스마트폰은 나한테 있어."

"관리실에 전화해 볼까요?"

"잠깐만, 보일러 켜지는데 왜 그러니? 네가 뭘 잘못 눌렀겠지."

엄마가 보일러를 켜니 마치 아무 일 없었다는 듯 보일러가 작동하기 시작했다.

"진짜 이상하네. 정말 안 켜졌는데……."

동주 누나는 의아해하면서도 졸음을 이기지 못해 방으로 들어가졌다.

너 누구야?

동주 엄마는 새벽에 일어난 소동은 까맣게 잊은 채 저녁 친구 모임에 나갔다. 나가는 길에 가스 잠그는 것을 깜빡했다는 걸 깨달았

다. 예전 같았으면 다시 집으로 돌아가야 했지만 지금은 당연히 아
니다.

"가스 밸브 잠금."

스마트폰 터치 한 번으로 문제가 해결됐다. 엄마는 오랜만에 친
구들과 마음 편하게 이야기를 나눴다. 청소, 빨래, 밥 모두 버튼 한
번만 누르면 기계들이 알아서 해 놓을 테니 말이다.

한참 이야기를 나누는데 전화가 울렸다.

"엄마! 집이 이상해요!"

전화를 받고 달려가니 그야말로 집이 전쟁터가 됐다. 보일러와
에어컨이 동시에 작동되고 있었다. 보일러 온도를 한껏 올려놓아
바닥은 뜨겁고, 에어컨은 강풍으로 돌아가 공기는 차가웠다. 또
TV와 냉장고 모니터에 광고 화면이 올라와 있었다.

동주 엄마는 나쁜 꿈을 꾸고 있는 것 같았
다. 하지만 여기서 끝이 아니었다.

"낄낄낄."

"크크크."

집 안 어디선가에서 웃음소리가 들려왔다. 웃음소리가 흘러나온
곳은 보안용으로 설치한 CCTV였다. 이 모든 상황을 누군가 CCTV
로 보고 있었던 것이다.

"엄마, 무서워!"

"괜찮아. 보안팀에
연락해 보자."

얼마 지나지 않아 보안팀
이 도착해 집 안 시스템을 점검했다.

"스마트 홈이 해킹당한 것 같

습니다."

예상했던 답변이었다. 해킹이 아니고서야 이럴 리가 없었다. 잠자코 있던 동주 누나가 오늘 새벽에 있었던 일을 떠올렸다.

"새벽에 보일러가 갑자기 꺼져서 말을 안 들었는데 그것도 해킹당한 거였군요?"

"그런 일이 있었습니까? 해커가 보일러를 먼저 시험 삼아 조작했던 것 같습니다."

동주 엄마는 스마트 홈으로 이사 온 것이 갑자기 후회되기 시작했다.

"우리 가족들 정보가 유출됐으면 어떡해요?"

"해킹 방식으로 봐서 가전제품을 조작하는 정도의 장난을 친 것 같습니다."

　보안팀의 설명에도 동주 엄마와 누나는 불안감을 떨칠 수가 없었다. 어느 누구도 확신할 수 없는 일이었다. 동주 누나는 가장 먼저 CCTV 카메라를 떼서 서랍장에 넣어 버렸다. 금방이라도 카메라에서 비웃는 소리가 흘러나올 것만 같았다.

　"엄마, 이건 CCTV나 블랙박스에 찍히는 사생활 침해 수준이 아니에요. 우리 가족의 모든 정보를, 우리가 생활하는 모든 것을 누가 통째로 들여다보는 거잖아요."

　동주 엄마는 한참 생각에 잠겼다. 시간이 얼마나 지났을까. 엄마는 스마트 홈 플랫폼 전원을 껐다.

IoT 신제품 소개

이제 더 이상 평범한 가구와 가전 제품은 보기 힘들게 됐다. 묵묵히 자리만 지키고 있던 물건들에 생명을 불어넣어 집 안은 활기를 띠게 됐다. 편리함은 물론 없는 능력도 만들어 준다는 스마트 제품의 세계로 안내한다.

우리 집의 개인 비서, #인공지능_스피커

"오늘 날씨는 어때?" "요즘 유행하는 노래는 뭐야?"

스피커로 음악만 듣는 시대는 지났다. 명령을 내리면 일정 확인, 날씨 확인, 알람 설정, 질문에 대답까지 해 주는 기특한 스피커가 있다. 이 스피커는 음성 명령을 알아들을 수 있는 마이크와 명령을 분석하는 시스템이 들어 있다. 인공지능 스피커의 가장 중요한 기능은 수집된 정보를 분석하고 학습하는 능력이다. 그래서 스피커를 쓸수록 스피커는 사용자의 취향과 관심사에 대해 더 잘 알게 된다. 머지않아 인공지능 스피커는 사람의 가장 친한 친구가 될지도 모른다.

나도 이제 요리사, #스마트_프라이팬

요리에 자신이 없어도 이제 걱정할 것 없다. 언제 프라이 팬에 재료를 올리고, 뒤집어야 할지까지 알려 준다. 스마트 프라이팬에 달린 센서가 스마트폰으로 관련 정보를 보내기 때문이다. 스마트 프라이팬 애플리케이션 안에는 다양한 요리법들이 있다. 또 요리하는 과정에서 생기는 문제를 바로 해결할 수 있게 알리는 기능도 있다.

자장자장, 숙면을 부르는 #스마트_침대

스마트 침대에는 사용자의 생체 리듬을 체크해 주는 센서가 들어 있다. 센서를 통해 사용자의 심박수, 호흡수, 수면 중의 움직임을 체크한다. 이를 통해 사용자는 자신의 수면 중 문제점을 확인하고 고칠 수 있다. 또 스마트 침대는 사용자의 체형에 맞는 침대 모드로 전환할 수 있어 숙면을 돕는다.

집 안을 파고드는 무서운 감시

스마트 홈은 인터넷에 연결한 TV, 냉장고 등 사물 인터넷 제품을 기반으로 작동된다. 원격 조종이 되는 사물 인터넷 기기가 늘어나는 만큼 범죄에 이용될 위험도 점점 커진다. 해킹에 약하기 때문이다. 스마트 홈 해킹으로 입게 될 피해는 어떤 것이 있는지, 해결책은 없을지 이야기를 나누어 보자.

위험한 것 같아

뉴스에서 봤는데 스마트 홈 애플리케이션에 악성 코드를 감염시켰더니 남의 집 문을 금방 열 수 있었어. 오히려 자물쇠보다 더 쉽게 남의 집에 들어갈 수 있게 된 거지. 스마트 홈 해킹으로 생긴 문제는 이뿐만이 아니야. 집 안에는 각종 가전제품과 냉난방 기기들이 있잖아. 그것들을 마음대로 작동시킨다면 화재와 같은 큰 사고로 이어질 수도 있어.

위험을 먼저 알아

그렇게 나쁜 면만 보지 말고, 긍정적인 면도 생각해 봐. 가스 누출이나 화재와 같은 위험한 일이 일어나면 스마트 홈이 빠르게 감지하고 대처할 수 있어. 그리고 돌봄이 필요한 혼자 사는 노인이나 장애인이 위험에 처했을 때도 빠르게 도울 수 있지.

생명을 위협하지 않을까

혼자 사는 노인 이야기가 나와서 말인데, 만약 가족 중에 인공 심장 박동기를 단 사람이 있다고 가정해 봐. 이 기기도 사물 인터넷과 연결되어 있겠지? 의료 기기가 만약 해킹당한다면 어떻게 될까? 가족의 생명까지도 위험해지는 거야.

악용하지 않으면 좋겠어

사실 인공 심장 박동기는 제대로 작동하지 않아서 환자가 위험에 빠질 가능성이 더 커. 그런데 이 기계가 사물 인터넷과 연결되어 있으면 문제가 생겼을 때 바로 해결할 수 있잖아. 하지만 첨단 기술을 적용해 편리한 기기들을 만들어도 그것이 우리 사생활을 침해하고 안전을 위협하는 데 이용된다면 정말 무서워.

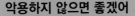

사생활을 보호하는 기술은?

인간이 편리한 삶을 사는 데 필요한 기술은 빨리 발전하는데, 그로 인해 발생할 수 있는 피해를 막을 수 있는 기술은 한참 후에야 개발되는 게 안타까울 뿐이야. 스마트 홈은 개인의 정보를 공유해 편리하게 생활을 하는 기술이잖아. 처음부터 사생활 침해의 위험을 안고 있는 기술이라는 건 누구나 알고 있었을 거야. 애초에 보안 기술도 함께 개발해 왔다면 어땠을까?

누군가 나를 지켜보고 있어-편리한 기술들이 좋기만 할까?

초판 1쇄 2018년 4월 5일 | 초판 3쇄 2020년 8월 30일

글쓴이 이승민 · 최미선 | 그린이 김윤정 | 추천 박현희
펴낸이 김찬영 | 책임편집 백모란 | 편집 김지현 | 마케팅 김경민 | 펴낸곳 책속물고기
출판등록 제2009-000052호 | 주소 경기도 파주시 문발로 115, 2층 202호(문발동, 세종출판벤처타운)
전화 02-322-9239(영업) 02-322-9240(편집) | 팩스 02-322-9243
책속물고기 카페 http://cafe.naver.com/bookinfish | 전자메일 bookinfish@naver.com

ISBN 979-11-86670-94-1 73500

이 도서의 국립중앙도서관 출판예정도서목록(CIP)은
서지정보유통지원시스템 홈페이지(http://seoji.nl.go.kr)와
국가자료공동목록시스템(http://www.nl.go.kr/kolisnet)에서
이용하실 수 있습니다.(CIP제어번호: CIP2018006168)

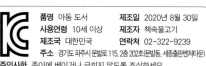

품명 아동 도서	제조일 2020년 8월 30일
사용연령 10세 이상	**제조자** 책속물고기
제조국 대한민국	**연락처** 02-322-9239
주소 경기도 파주시 문발로 115, 2층 202호(문발동, 세종출판벤처타운)	
주의사항 종이에 베이거나 긁히지 않도록 조심하세요.	
책 모서리가 날카로우니 던지거나 떨어뜨리지 마세요.	
KC마크는 이 제품이 공통안전기준에 적합하였음을 의미합니다.	

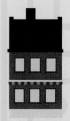